Scherz Krimi
Spannung
mit Niveau

Von Agatha Christie sind erschienen:

Alter schützt vor Scharfsinn nicht
Auch Pünktlichkeit kann töten
Der ballspielende Hund
Bertrams Hotel
Der blaue Expreß
Blausäure
Das Böse unter der Sonne oder
Rätsel um Arlena
Die Büchse der Pandora
Der Dienstagabend-Club
Ein diplomatischer Zwischenfall
Auf doppelter Spur
Elefanten vergessen nicht
Das Eulenhaus
Das fahle Pferd
Fata Morgana
Das fehlende Glied in der Kette
Feuerprobe der Unschuld
Ein gefährlicher Gegner
Das Geheimnis der Goldmine
Das Geheimnis der Schnallenschuhe
Die großen Vier
Hercule Poirot's größte Trümpfe
Hercule Poirot schläft nie
Hercule Poirot's Weihnachten
Die ersten Arbeiten des Herkules
Die letzten Arbeiten des Herkules
Sie kamen nach Bagdad
Karibische Affäre
Die Katze im Taubenschlag
Die Kleptomanin
Das krumme Haus
Kurz vor Mitternacht
Lauter reizende alte Damen
Der letzte Joker
Der Mann im braunen Anzug
Die Mausefalle und andere Fallen
Die Memoiren des Grafen
Mörderblumen
Mördergarn
Die Mörder-Maschen
Die Morde des Herrn ABC
Mord im Pfarrhaus
Mord im Spiegel oder
Dummheit ist gefährlich
Mord in Mesopotamien
Mord nach Maß
Ein Mord wird angekündigt
Morphium
Mit offenen Karten
Poirot rechnet ab
Der seltsame Mr. Quin
Rächende Geister
Rotkäppchen und der böse Wolf
Die Schattenhand
Das Schicksal in Person
Schneewittchen-Party
16 Uhr 50 ab Paddington
Das Sterben in Wychwood
Der Todeswirbel
Der Tod wartet
Die Tote in der Bibliothek
Der Unfall und andere Fälle
Der unheimliche Weg
Das unvollendete Bildnis
Die vergeßliche Mörderin
Vier Frauen und ein Mord
Vorhang
Der Wachsblumenstrauß
Wiedersehen mit Mrs. Oliver
Zehn kleine Negerlein
Zeugin der Anklage

Agatha Christie

Die Mausefalle

und andere Fallen

Scherz
Bern – München – Wien

Einzig berechtigte Übertragung aus dem Englischen
von Maria Meinert, Marfa Berger und Ingrid Jacob
Titel der Originale: »Three blind Mice«, »The Sanctuary«, »The last Seance«,
»Double Sin«, »Swan-Song« und »Four and Twenty Blackbirds«
Schutzumschlag von Heinz Looser
Foto: Thomas Cugini

11. Auflage 1987, ISBN 3-502-51103-9

Gesamtherstellung: Ebner Ulm

Die Mausefalle

Drei blinde Mäuse,
Drei blinde Mäuse,
Ha, wie sie rennen!
Ha, wie sie rennen!
Sie rannten zur Bäuerin unverwandt.
Die nahm ein großes Messer zur Hand
Und schnitt sogleich –
  schnipp, schnapp!
  schnipp, schnapp! –
Den armen Mäusen die Schwänze ab.
Oh, was für ein schrecklich grausamer Schwapp
Für drei blinde Mäuse.

Es herrschte eisige Kälte, und schwere, schneebeladene Wolken verdüsterten den Himmel.
Ein Mann, der einen dunklen Überzieher trug und dessen Gesicht durch den tief in die Stirn gezogenen Hut und den hochgewickelten Schal fast gänzlich verhüllt war, kam die Culver Street entlang und stieg die Stufen zu Nr. 74 hinauf. Er drückte auf die Klingel, die er unten im Souterrain schrillen hörte.
Mrs. Casey, die gerade beim Geschirrspülen war, murrte erbittert: »Diese verfluchte Glocke! Nie läßt sie einen in Frieden!«
Ein wenig schnaufend schleppte sie sich die Treppe empor und öffnete die Tür.
Der Mann, dessen Silhouette sich von dem finsteren Himmel abhob, fragte im Flüsterton: »Mrs. Lyon?«
»Zweiter Stock«, erwiderte Mrs. Casey. »Sie können hinaufgehen. Werden Sie erwartet?« Der Mann schüttelte langsam

den Kopf. »Na, gehen Sie nur ruhig nach oben, und klopfen Sie an.«
Sie blickte ihm nach, als er die mit einem schäbigen Läufer belegte Treppe hochstieg. Später erklärte sie, er habe ihr »ein komisches Gefühl eingeflößt«. In Wirklichkeit jedoch dachte sie nur: Er muß ziemlich stark erkältet sein, daß er nur noch flüstern kann.
Sobald der Fremde hinter der Treppenbiegung den Blicken der Wirtin entschwunden war, begann er leise zu pfeifen. Seltsamerweise war es ein Kinderlied, das er pfiff: *Drei blinde Mäuse*.

Molly Davis trat einen Schritt zurück auf die Straße und betrachtete das frischgemalte Schild neben dem Tor.
Monkswell Manor
Pension
Sie nickte wohlgefällig. Es erweckte tatsächlich den Eindruck, als sei es von fachkundiger Hand geschaffen worden. Na, objektiv gesehen, vielleicht nicht ganz fachkundig. Das *s* in *Pension* kletterte ein wenig nach oben, und die letzten Buchstaben in *Manor* waren etwas zusammengedrängt, aber im großen ganzen konnte Giles auf diese wunderbare Leistung stolz sein. Giles war doch eigentlich sehr begabt. Er verstand sich auf so viele Dinge. Sie machte ständig neue Entdeckungen an ihrem Ehemann. Er sprach so wenig von sich selbst, daß sie erst nach und nach dahinterkam, über wie viele verschiedene Talente er verfügte. Ein ehemaliger Marinesoldat hatte immer geschickte Hände, sagten die Leute.
Nun, bei ihrem neuen Unternehmen würden Giles seine praktischen Fähigkeiten gut zustatten kommen; denn es gab wohl kaum jemanden, der in der Leitung einer Pension unerfahrener war als sie beide. Aber sie versprach sich viel Spaß davon, und außerdem war das Wohnungsproblem auf diese Weise gelöst.
Es war Mollys Idee gewesen. Als Miss Emory starb und die Rechtsanwälte Molly davon in Kenntnis setzten, daß ihre Tante ihr Monkswell Manor hinterlassen habe, faßten die

jungen Leute zunächst den verständlichen Entschluß, das Haus zu verkaufen. Giles hatte gefragt: »Wie sieht es denn eigentlich aus?« Und Molly hatte geantwortet: »Ach, ein so großer, verschachtelter alter Kasten, vollgestopft mit moderigen, altmodischen, viktorianischen Möbeln, umgeben von einem sehr schönen Garten, der aber seit dem Krieg schrecklich verwahrlost ist, weil es nur noch einen alten Gärtner gab.«

Also beschlossen sie, das Besitztum zu verkaufen und nur so viele von den Möbeln zu behalten, um damit ein Häuschen oder eine kleine Wohnung für sich selbst ausstatten zu können.

Aber sofort ergaben sich zwei Schwierigkeiten. Einmal waren keine Häuschen oder Wohnungen zu finden, und zum anderen hatten alle Möbelstücke riesige Ausmaße.

»Na«, meinte Molly, »dann müssen wir eben *alles* verkaufen. Wir werden es ja wohl los, nicht wahr?«

Der Rechtsanwalt versicherte ihr, daß man heutzutage *alles* loswerde.

»Höchstwahrscheinlich«, meinte er, »macht jemand ein Hotel oder eine Pension daraus, und in diesem Falle übernimmt der Käufer sicher gern das gesamte Mobiliar. Zum Glück befindet sich das Haus in sehr gutem Zustand. Die verstorbene Miss Emory hat noch kurz vor dem Krieg umfassende Reparaturen und Modernisierungen ausführen lassen, und es ist seitdem sehr wenig verwohnt worden. O ja, alles ist sehr gut erhalten.«

Und in diesem Moment war Molly der Gedanke gekommen.

»Giles«, hatte sie vorgeschlagen, »warum sollen wir es nicht selbst als Pension übernehmen?«

Zuerst hatte Giles über die Idee gespottet, doch Molly war beharrlich geblieben.

»Wir brauchen ja nicht zu viele Gäste zu nehmen – wenigstens nicht am Anfang. Das Haus ist leicht zu führen – es gibt heißes und kaltes Wasser in den Schlafzimmern, Zentralheizung und einen Gasherd. Außerdem können wir Hühner

und Enten halten. Dann haben wir selbst Eier und Gemüse.«
»Und wer soll die ganze Arbeit besorgen? Ist es nicht sehr schwierig, Dienstboten zu bekommen?«
»Wir müßten natürlich die Arbeit selber tun. Aber das bliebe uns auch nicht erspart, wenn wir woanders lebten. Ein paar Menschen mehr – das würde nicht soviel ausmachen. Und später, wenn der Betrieb richtig läuft, könnten wir wahrscheinlich eine Hilfe bekommen. Wenn wir fünf Gäste hätten und jeder sieben Pfund die Woche zahlte ...« Molly verlor sich in den Regionen einer etwas optimistischen Arithmetik.
»Und stell dir vor, Giles«, schloß sie, »wir würden in unserem eigenen Haus leben. In unseren eigenen Sachen. Unter den jetzigen Verhältnissen können noch Jahre darüber hingehen, bis wir eine eigene Wohnung finden.«
Darin mußte Giles ihr recht geben. Seit ihrer überstürzten Heirat hatten sie so wenig Zeit zusammen verbracht, daß sie sich beide nach einem eigenen Heim sehnten.
Und so wurde das große Wagnis gestartet. Sie ließen Anzeigen in die Lokalzeitung und in die *Times* einrücken, die verschiedene Antworten brachten.
Heute sollte nun der erste Gast eintreffen. Giles war schon früh mit seinem Wagen aufgebrochen, um Drahtnetz aus Heeresbeständen zu kaufen, das am anderen Ende der Grafschaft angeboten wurde. Und Molly hatte verkündet, daß sie einen Gang ins Dorf unternehmen müsse, um einige letzte Einkäufe zu tätigen.
Nur mit dem Wetter haperte es. In den letzten beiden Tagen war es bitter kalt gewesen, und jetzt begann es auch noch zu schneien. Als Molly den Fahrweg zum Haus hinaufeilte, fielen dichte, flaumige Flocken auf den Kragen ihres Regenmantels und ihr helles, lockiges Haar. Die Wettervorhersagen waren recht düster gewesen. Schwerer Schneefall war zu erwarten.
Sie hoffte ängstlich, daß nicht alle Rohre einfrieren würden. Es wäre bedauerlich, wenn gleich zu Anfang alles schiefgin-

ge. Sie warf einen Blick auf ihre Uhr. Teezeit schon vorbei. Ob Giles wohl schon zurück war? Würde er sich im stillen wundern, wo sie steckte?
»Ich mußte noch einmal ins Dorf, weil ich etwas vergessen hatte«, würde sie sagen, und er würde lachend fragen: »Noch mehr Konserven?«
Das Wort »Konserven« wirkte auf beide als Stichwort für Gelächter; denn sie hatten ihre Vorratskammer damit aufgefüllt wie für einen Belagerungszustand.
Und es sah ganz danach aus, dachte Molly mit einem schiefen Blick auf den schneeverhangenen Himmel, als ob ein solcher Belagerungszustand in Kürze eintreten würde.
Das Haus war leer. Giles war noch nicht zurück. Molly ging zunächst in die Küche und dann ins Obergeschoß, wo sie einen Rundgang durch die neuhergerichteten Gästezimmer machte. Mrs. Boyle bekam das Südzimmer mit den Mahagonimöbeln und dem Himmelbett, Major Metcalf das blaue Zimmer mit den Eichenmöbeln und Mr. Wren das Ostzimmer mit dem Erkerfenster. Alle Zimmer machten einen netten Eindruck – und was für ein Segen, daß ihre Tante einen so herrlichen Wäschevorrat besessen hatte. Molly zupfte eine Bettdecke zurecht und ging wieder nach unten. Es war jetzt fast dunkel. Das Haus kam ihr plötzlich unheimlich still und verlassen vor. Es lag ganz abgelegen, drei Kilometer vom nächsten Dorf entfernt. Am Ende der Welt, wie Molly sich ausdrückte.
Sie hatte früher schon öfter allein in diesem Haus geweilt, aber nie zuvor war sie sich der Einsamkeit so bewußt gewesen.
Der Schnee trieb in weichen Stößen gegen die Fensterscheiben – ein wisperndes, beunruhigendes Geräusch. Wenn Giles nun nicht zurückkehrte, wenn der Schnee so dick lag, daß der Wagen steckenblieb? Dann säße sie hier mutterseelenallein – vielleicht tagelang.
Sie ließ ihren Blick durch die Küche schweifen – eine große, behagliche Küche, in die eine dicke gemütliche Köchin gehörte, die am Küchentisch präsidierte und mit rhythmi-

schen Bewegungen ihrer Kiefer ihre Korinthenbrötchen kaute und schwarzen Tee dazu trank. Und auf der einen Seite müßte ein großes, älteres Stubenmädchen und auf der anderen ein molliges, pausbäckiges Hausmädchen sitzen und am unteren Ende des Tisches eine Küchenhilfe, die die Höhergestellten in der Dienstbotenhierarchie mit ängstlichen Blikken betrachtete. Statt dessen war sie, Molly Davis, Mädchen für alles; sie mußte eine Rolle ausfüllen, in die sie sich noch gar nicht eingelebt hatte. Ihr ganzes Leben erschien ihr im Augenblick unwirklich. Sogar Giles erschien ihr im Augenblick unwirklich. Sie spielte eine Rolle – weiter nichts.
Ein Schatten glitt am Fenster vorbei und ließ sie zusammenfahren – ein fremder Mann kam durch den Schnee. Sie hörte das Knarren der Seitentür. Der Fremde stand unversehens im Türrahmen und schüttelte den Schnee ab, ein fremder Mann, der einfach in das leere Haus eindrang.
Und dann schwand das Trugbild plötzlich.
»O Giles«, rief sie, »ich bin ja so froh, daß du wieder da bist!«
»Hallo, Liebling! Was für ein schauderhaftes Wetter! Mein Gott, ich bin halb erfroren.«
Er stampfte mit den Füßen und hauchte in seine Hände.
Mechanisch nahm Molly den Mantel auf, den er – typisch Giles – auf die Eichentruhe geworfen hatte. Sie hängte ihn auf einen Kleiderbügel und zog aus den vollgestopften Taschen einen Schal, eine Zeitung, ein Bindfadenknäuel und die Morgenpost, die er bunt durcheinander hineingezwängt hatte. Dann ging sie in die Küche, legte alle diese Dinge auf die Anrichte und setzte den Kessel auf.
»Hast du das Drahtnetz bekommen?« erkundigte sie sich. »Es hat ja eine Ewigkeit gedauert.«
»Es war nicht die richtige Sorte. Wir hätten es nicht gebrauchen können. Ich bin dann zu einem anderen Abladeplatz gefahren, aber dort gab's auch nichts Geeignetes. Und was hast du angefangen? Es ist wohl noch niemand aufgekreuzt, wie?«
»Mrs. Boyle soll ja sowieso erst morgen kommen.«

»Aber Major Metcalf und Mr. Wren waren für heute angemeldet.«
»Major Metcalf schrieb eine Karte, daß er erst morgen eintreffen würde.«
»Dann haben wir nur Mr. Wren zum Abendessen da. Was für ein Bild machst du dir von ihm? Ich stelle ihn mir als einen korrekten, pensionierten Beamten vor.«
»Nein, ich glaube, er ist ein Künstler.«
»In diesem Falle«, meinte Giles, »lassen wir uns am besten eine Woche im voraus zahlen.«
»O nein, Giles, Gäste haben doch Gepäck. Wenn sie nicht zahlen, belegen wir es mit Beschlag.«
»Und wenn ihre Koffer in Zeitungspapier gewickelte Steine enthalten? Ehrlich gesagt, Molly, haben wir nicht die geringste Ahnung, was uns bei diesem Unternehmen noch alles blühen kann. Hoffentlich entdecken sie nicht sofort, was für blutige Anfänger wir sind.«
»Mrs. Boyle wird bestimmt dahinterkommen«, meinte Molly. »Sie ist der Typ, der einen Riecher dafür hat.«
»Woher weißt du das? Hast du sie etwa schon gesehen?«
Molly wandte sich ab. Sie breitete eine Zeitung auf dem Tisch aus, holte etwas Käse und machte sich daran, ihn zu reiben.
»Was soll das werden?« erkundigte sich der Gemahl.
»Käseschnitzel«, belehrte ihn Molly. »Brotkrumen, Kartoffelbrei und ein Hauch von Käse, um den Namen zu rechtfertigen.«
»Du scheinst ja eine raffinierte Köchin zu sein«, bemerkte ihr bewundernder Gatte.
»Das möchte ich nicht behaupten. Ich kann immer nur eine Sache auf einmal machen. Mehrere Dinge nebeneinander zu erledigen, das erfordert soviel Übung. Das Frühstück ist am schlimmsten.«
»Warum?«
»Weil man so vieles gleichzeitig im Auge haben muß – Eier und Speck und heiße Milch und Kaffee und Toast. Die Milch kocht über, oder der Toast wird schwarz, oder der Speck

verbrutzelt, oder die Eier werden hart. Man muß so rührig sein wie eine verbrühte Katze, wenn man alles kontrollieren will.«

»Da muß ich morgen früh doch mal Mäuschen spielen, um mir diese herumflitzende verbrühte Katze anzusehen.«

»Das Wasser kocht«, bemerkte Molly. »Sollen wir das Tablett in die Bibliothek tragen und beim Essen Radio hören? Es ist beinahe Zeit für die Nachrichten.«

»Da wir offenbar den größten Teil des Tages in der Küche verbringen werden, sollten wir eigentlich hier auch ein Radio haben.«

»Ja. Wie gemütlich Küchen doch sind! Ich liebe diese Küche. Meiner Ansicht nach ist sie bei weitem der hübscheste Raum im ganzen Haus. Mir gefällt die Anrichte mit den Tellern, und ich schwelge geradezu in dem verschwenderischen Gefühl, das einem so ein gewaltig großer Küchenherd einflößt – obgleich ich natürlich dankbar bin, daß ich nicht darauf zu kochen brauche.«

»Eine einzige Mahlzeit würde wohl unsere ganze Jahresbrennstoffration verschlingen, nicht wahr?«

»Das möchte ich fast annehmen. Aber denke nur an die riesigen Hammel- und Rinderbraten, die darin schmorten, an die kolossalen Kupfertöpfe mit selbsteingemachter Stachelbeermarmelade, die ungeheure Mengen von Zucker verschlang. Wie wunderbar und behaglich die Viktorianische Epoche doch war! Man braucht nur einen Blick auf die Möbel oben zu werfen: groß, solide und allerdings reichlich verziert, aber – oh! – diese himmlische Bequemlichkeit und der viele Platz, den sie für ihre Kleider hatten, und die Leichtigkeit, mit der Schubladen sich öffnen und schließen ließen. Erinnerst du dich noch an die elegante, moderne Wohnung, die man uns geliehen hatte? Lauter eingebaute Schränke mit Gleittüren – nur glitten sie nicht, sondern verklemmten sich dauernd.«

»Ja, das ist das schlimmste an diesen modernen Vorrichtungen. Wenn sie nicht funktionieren, ist man erledigt.«

»Komm, laß uns die Nachrichten hören.«

Die Nachrichten bestanden in der Hauptsache aus düsteren Wetterwarnungen, den üblichen Stockungen in auswärtigen Angelegenheiten, lebhaften Kabbeleien im Parlament und einem Mord in der Culver Street, Paddington.
»Hu«, sagte Molly und schaltete den Apparat aus. »Nichts als Trübsal. Ich habe keine Lust, mir noch einmal einen Aufruf zur Brennstoffersparnis anzuhören. Was erwarten sie eigentlich von uns? Sollen wir etwa im Kalten sitzen? Vielleicht hätten wir unsere Pension nicht im Winter eröffnen sollen. Es wäre besser gewesen, wenn wir bis zum Frühling gewartet hätten.« Mit veränderter Stimme setzte sie hinzu: »Ich möchte gern wissen, was für ein Mensch diese Frau war, die da ermordet worden ist.«
»Mrs. Lyon?«
»War das ihr Name? Wer hat sie wohl umgebracht, und warum?«
»Vielleicht hatte sie ein Vermögen unter den Dielen versteckt.«
»Wenn es heißt, die Polizei fahndet nach einem Mann, der ›in der Nähe des Tatortes gesehen‹ wurde, bedeutet dies, daß er der Mörder ist?«
»Gewöhnlich ja. Es ist nur eine höfliche Umschreibung.«
Der schrille Klang einer Glocke ließ sie beide zusammenfahren.
»Das ist die Haustür«, erklärte Giles. »Eintritt – der Mörder«, fügte er scherzhaft hinzu.
»In einem Theaterstück wäre es vielleicht so. Beeile dich. Es ist sicher Mr. Wren. Nun werden wir ja sehen, wer mit seiner Prophezeiung recht hat, du oder ich.«
Gleichzeitig mit Mr. Wren wirbelte ein kleines Schneegestöber ins Haus. Molly, die in der Tür zur Bibliothek stand, konnte von dem Ankömmling nur die Silhouette sehen, die sich von der weißen Welt draußen abhob.
Wie sehr, dachte sie, ähnelten sich doch alle Männer in ihrer zivilen Uniform. Dunkler Mantel, grauer Hut, ein um den Hals gewickelter Schal.
Im nächsten Augenblick hatte Giles die Haustür vor den

Elementen verschlossen. Mr. Wren schälte sich aus seinem Halstuch, schleuderte seinen Hut beiseite und stellte seinen Koffer ab – alles mit einer Bewegung, wie es schien, wobei er ständig redete. Er hatte eine hohe, etwas nörglerische Stimme, und im Lichtschein der Halle entpuppte er sich als ein junger Mann mit einem zottigen, von der Sonne verblichenen Haarschopf und hellen, ruhelosen Augen.
»Einfach grauenhaft«, sprudelte er hervor. »Der englische Winter in seiner schlimmsten Form – Rückkehr zu Dickens: Scrooge und Tiny Tim und so weiter. Man muß fürchterlich gesund sein, um das alles auszuhalten. Meinen Sie nicht auch? Und ich habe eine entsetzliche Reise quer durchs Land hinter mir. Ich komme nämlich aus Wales. Sind Sie Mrs. Davis? Ach, nein, wie reizend!« Mollys Finger wurden von einem knöchernen Händedruck umklammert.
»Ganz und gar nicht, wie ich Sie mir vorgestellt habe. Sie schwebten mir nämlich als Witwe eines Generals der indischen Armee vor. Schrecklich grimmig – eine ausgesprochene *mem-sahib* mit Messinggerät aus Benares. Dabei haben Sie hier ein richtiges viktorianisches Ziertischchen. Himmlisch, einfach himmlisch – haben Sie auch noch Wachsblumen? Oder Paradiesvögel? Oh, ich werde mich in dieses Haus geradezu verlieben. Ich befürchtete nämlich schon, daß es sehr *old-fashioned,* sehr auf ›alter Herrensitz‹ aufgemacht sein würde – in Ermangelung von benarischem Kitsch, meine ich. Statt dessen ist es wunderbar – echte viktorianische Biederkeit! Sagen Sie mal, besitzen Sie auch noch eine dieser schönen Anrichten aus Mahagoni – pflaumenrotem Mahagoni mit großen, geschnitzten Früchten?«
»Ja«, erwiderte Molly, der unter diesem Wortschwall fast der Atem verging, »die haben wir allerdings.«
»Nein! Kann ich sie sehen? Sofort? Wo ist sie? Hier?«
Seine Schnelligkeit war fast verwirrend. Im Nu hatte er die Eßzimmertür aufgestoßen und das Licht angedreht. Molly folgte ihm, gewahrend, daß das Profil ihres Gemahls zu ihrer Linken tiefste Mißbilligung zum Ausdruck brachte.
Mr. Wren ließ seine langen, knochigen Finger über die

prächtige Schnitzerei des massiven Buffets gleiten, wobei er hin und wieder kurze Freudenlaute ausstieß. Dann richtete er einen vorwurfsvollen Blick auf seine Wirtin.

»Kein großer Eßtisch aus Mahagoni? Statt dessen nur diese kleinen, verstreuten Tische?«

»Wir nahmen an, daß es den Gästen so besser gefallen würde«, erklärte Molly.

»Sie haben natürlich durchaus recht, Liebste. Ich ließ mich durch mein *Faible* für den viktorianischen Stil hinreißen. Wenn Sie einen solchen Tische besäßen, müßten Sie selbstverständlich auch die dazu passende Familie haben; den gestrengen, stattlichen Vater mit Vollbart, die fruchtbare, verwelkte Mutter, elf Kinder, eine tyrannische Gouvernante und – nicht zu vergessen – die arme Verwandte, die überall aushilft und so überaus dankbar ist für das traute Heim, das man ihr bietet...«

»Ich werde jetzt Ihren Koffer nach oben bringen«, unterbrach Giles diesen Redestrom. »Ostzimmer?«

»Ja«, bestätigte Molly.

Mr. Wren schoß wieder in die Halle, als Giles nach oben ging.

»Gibt es ein Himmelbett mit kleinen Chintzrosen?« fragte er.

»Nein«, entgegnete Giles kurz, ehe er um die Treppenbiegung verschwand.

»Ich glaube, Ihr Gatte mag mich nicht«, meinte Mr. Wren. »Wo hat er gedient? Bei der Marine?«

»Ja.«

»Das habe ich mir gedacht. Man ist dort viel weniger tolerant als bei der Armee und bei der Luftwaffe. Wie lange sind Sie schon verheiratet? Sind Sie sehr in ihn verliebt?«

»Vielleicht möchten Sie auch hinaufgehen und sich Ihr Zimmer ansehen?«

»Meine Frage war natürlich impertinent. Aber ich wollte es tatsächlich gern wissen. Es ist so interessant, wenn man über die Menschen Bescheid weiß. Meinen Sie nicht auch? Was sie denken und fühlen, meine ich, nicht nur, wer sie sind

und was sie tun.«
»Ich nehme an«, sagte Molly ein wenig ironisch, »daß Sie Mr. Wren sind.«
Der junge Mann blieb stehen und raufte sich das Haar mit beiden Händen.
»Aber nein, wie schrecklich – niemals denke ich an das Nächstliegende. Ja, ich bin Christopher Wren. Lachen Sie bitte nicht. Meine Eltern waren romantisch angehaucht. Sie hofften, ich würde Architekt werden, und hielten es daher für eine glänzende Idee, mich Christopher zu taufen – als Vorgabe sozusagen.«
»Und sind Sie nun Architekt?« fragte Molly, die sich das Lachen nicht verbeißen konnte.
»Allerdings«, erwiderte Mr. Wren triumphierend. »Oder zumindest beinahe. Ich bin noch nicht ganz fertig. Aber es ist wirklich ein bemerkenswertes Beispiel für das alte Sprichwort: ›Der Wunsch ist der Vater des Gedankens.‹ Wohlgemerkt, in Wirklichkeit ist der Name ein Nachteil für mich. Ich werde niemals *der* Christopher Wren sein. Dennoch mögen Chris Wrens ›Fertignester‹ noch Ruhm erlangen.«
Giles kam die Treppe wieder herab. »Ich werde Ihnen jetzt Ihr Zimmer zeigen«, schlug Molly vor.
Als sie kurz darauf wieder unten erschien, fragte Giles: »Na, gefielen ihm die hübschen Eichenmöbel?«
»Er war ganz darauf versessen, ein Himmelbett zu haben. Ich habe ihm daher das Rosenzimmer gegeben.«
Giles knurrte und murmelte etwas vor sich hin, das mit den Worten endete: »... der junge Lackaffe.«
Molly setzte eine strenge Miene auf. »Hör mal zu, Giles, dies sind keine privaten Hausgäste, die wir bewirten, sondern unsere zahlenden Kunden. Ob du Christopher Wren magst oder nicht ...«
»Ich mag ihn nicht«, warf Giles dazwischen.
»... spielt gar keine Rolle. Er zahlt sieben Pfund die Woche, und das ist für uns die Hauptsache.«
»Vorausgesetzt, *daß* er zahlt.«

»Er hat sich damit einverstanden erklärt. Wir haben seinen Brief.«
»Hast du seinen Koffer in das Rosenzimmer geschafft?«
»Er hat ihn natürlich selbst getragen.«
»Sehr galant. Aber du hättest dich auch nicht dabei verhoben. Er enthält bestimmt keine in Zeitungspapier gewickelten Steine, sondern ist so leicht, daß ich den Eindruck habe, daß überhaupt nichts darin ist.«
»Still! Er kommt«, warnte Molly.
Sie führten Christopher Wren in die Bibliothek, die mit ihren tiefen Sesseln und ihrem Holzfeuer für Mollys Empfinden sehr behaglich wirkte. Das Essen, erklärte sie ihm, würde in einer halben Stunde fertig sein, und im Augenblick sei er der einzige Gast. In diesem Falle, meinte Christopher, könne er ja mit in die Küche gehen und helfen.
»Wenn Sie wollen, kann ich Ihnen eine Omelette machen«, sagte er mit gewinnendem Lächeln.
Alles Weitere spielte sich in der Küche ab, und Christopher half sogar beim Aufwaschen.
Irgendwie, fand Molly, war dies nicht ganz der richtige Start für eine konventionelle Fremdenpension – und Giles war das Ganze im höchsten Grade peinlich gewesen. Na ja, dachte Molly kurz vor dem Einschlafen, morgen, wenn die anderen kämen, ginge es anders zu.

Der Morgen zog herauf mit düsterem Himmel und Schneegestöber. Giles setzte eine besorgte Miene auf, und Molly verlor ein wenig den Mut. Das Wetter würde alles sehr erschweren.
Mrs. Boyle fuhr in dem mit Schneeketten ausgerüsteten dörflichen Taxi vor, und der Fahrer lieferte einen pessimistischen Bericht über den Zustand der Straße.
»Schneewehen, noch bevor die Nacht hereinbricht«, prophezeite er.
Mrs. Boyle selbst wirkte auch nicht gerade erheiternd auf die in finstere Stimmung versunkenen Gemüter ihrer Umgebung. Sie war eine kompakte, grimmig aussehende Frau mit

schallender Stimme und herrschsüchtigem Wesen. Ihre angeborene Streitlust war durch ihren Kriegseinsatz, in dem sie sich hartnäckig und draufgängerisch nützlich machte, noch erheblich gesteigert worden.

»Wenn ich nicht angenommen hätte, daß dies ein eingefahrener Betrieb sei, wäre ich überhaupt nicht gekommen«, erklärte sie. »Ich glaubte natürlich, eine wohlgegründete, nach wissenschaftlichen Grundsätzen geleitete Pension vorzufinden.«

»Sie sind durchaus nicht verpflichtet zu bleiben, wenn Sie nicht zufrieden sind, Mrs. Boyle«, entgegnete Giles.

»Ganz recht, und es wird mir auch im Traum nicht einfallen.«

»Soll ich Ihnen ein Taxi bestellen, Mrs. Boyle? Noch sind die Straßen offen. Wenn ein Mißverständnis vorliegt, wäre es empfehlenswert, wenn Sie sich eine andere Pension aussuchten«, schlug Giles vor und setzte hinzu: »Wir haben so viele Anfragen, daß wir Ihr Zimmer mit Kußhand loswerden. Außerdem müssen wir in Zukunft einen höheren Pensionspreis verlangen.«

Mrs. Boyle warf ihm einen scharfen Blick zu. »Selbstverständlich werde ich keinen Platzwechsel vornehmen, ehe ich mich persönlich von der Qualität Ihres Hauses überzeugt habe. Vielleicht können Sie mir ein ziemlich großes Badetuch geben, Mrs. Davis. Ich bin nicht gewohnt, mich mit einem Taschentuch abzutrocken.«

Giles grinste Molly an, sobald Mrs. Boyle ihnen den Rücken wandte und davonschritt.

»Liebling, du warst einfach wundervoll«, lobte Molly. »Herrlich, wie du ihr die Zähne gezeigt hast!«

»Maulhelden werden sehr rasch kleinlaut, wenn man ihnen mit gleicher Münze heimzahlt«, meinte Giles.

»Du liebe Güte, wie wird sie sich bloß mit Christopher Wren vertragen?«

»Wie Katze und Hund.«

Und tatsächlich bemerkte Mrs. Boyle noch am selben Nachmittag Molly gegenüber mit deutlichem Mißfallen in ihrer

Stimme: »Das ist aber ein sonderbarer junger Mann.«
Der Bäcker erschien vermummt wie ein Polarforscher und lieferte sein Brot mit der Warnung ab, daß sein nächster Besuch, der in zwei Tagen fällig war, vielleicht ins Wasser oder vielmehr in den Schnee fallen würde.
»Überall Verkehrsstockungen«, verkündete er. »Sie sind hoffentlich gut eingedeckt, wie?«
»O ja«, erwiderte Molly. »Wir haben einen großen Vorrat an Konserven. Aber ich nehme am besten noch etwas mehr Mehl.«
Sie dachte an eine gewisse Brotsorte, die die Iren backten. Schlimmstenfalls konnte auch sie ihr Heil damit versuchen.
Der Bäcker hatte die Zeitungen mitgebracht, und sie breitete sie auf dem Tisch in der Halle aus. Die Politik war an die zweite Stelle gerückt. Das Wetter und der Mord an Mrs. Lyon nahmen die erste Seite ein.
Sie betrachtete gerade das verschwommene Foto der Toten, als Christopher Wrens Stimme hinter ihr ertönte: »Ein ziemlich ordinärer Mord. Finden Sie nicht auch? Eine so uninteressante Frau und eine so öde Straße. Man kann sich gar nicht vorstellen, daß eine aufregende Geschichte dahintersteckt, nicht wahr?«
»Zweifellos«, bemerkte Mrs. Boyle verächtlich, »hat diese Kreatur ihren verdienten Lohn erhalten.«
»Oh!« Mr. Wren wandte sich ihr mit gewinnender Lebhaftigkeit zu. »Sie halten es also für ein Sexualverbrechen?«
»Davon habe ich nichts gesagt, Mr. Wren.«
»Aber sie wurde erwürgt, nicht wahr? Ich wüßte zu gerne« – er streckte seine langen, weißen Hände aus –, »was für ein Gefühl das ist, wenn man jemanden erwürgt.«
»Aber ich bitte Sie, Mr. Wren!«
Christopher bewegte sich langsam auf sie zu und fragte mit gesenkter Stimme: »Haben Sie sich schon mal vorgestellt, Mrs. Boyle, wie es ist, wenn man erdrosselt wird?«
»Aber ich bitte Sie, Mr. Wren!« wiederholte Mrs. Boyle mit noch größerer Empörung.
Hastig las Molly laut ein paar Sätze aus der Zeitung vor: »Der

Mann, nach dem die Polizei fahndet, trug einen dunklen Überzieher und einen hellen Filzhut. Er war von mittlerer Größe und trug einen wollenen Schal.«
»Mit anderen Worten«, meinte Christopher Wren, »er sah genauso aus wie jeder andere.«
»Ja«, stimmte Molly zu. »Genau wie jeder andere.«

In seinem Büro in Scotland Yard sagte Inspektor Parminter zu Detektiv-Sergeant Kane: »Führen Sie jetzt diese beiden Leute zu mir herein.«
»Ja, Sir.«
»Können Sie sie ein wenig beschreiben?«
»Es sind ganz ehrbare Arbeiter. Reagieren etwas langsam. Sind aber zuverlässig.«
»Also gut.« Inspektor Parminter nickte.
Kurz darauf wurden zwei verlegene Männer in ihrem Sonntagsstaat ins Zimmer geführt. Parminter schätzte sie mit raschem Blick ab. Er verstand sich vorzüglich darauf, Menschen von ihrer Schüchternheit zu befreien.
»Sie glauben also, Informationen zu besitzen, die uns in der Mordsache Lyon nützlich sein könnten«, sagte er. »Nett von Ihnen, daß Sie sich herbemüht haben. Nehmen Sie doch Platz. Zigarette?«
Er wartete, bis sie sich bedient und die Zigaretten angezündet hatten.
»Schauderhaftes Wetter.«
»Das kann man wohl sagen, Sir.«
»Na, dann legen Sie mal los.«
Jetzt, wo die Schwierigkeiten der Schilderung vor ihnen auftauchten, kehrte ihre Befangenheit zurück.
»Nun zier dich nicht, Joe«, ermunterte der größere der beiden seinen Gefährten.
Und Joe zierte sich auch nicht. »Es verhält sich folgendermaßen. Wir hatten kein Streichholz.«
»Wo war das?«
»Jarman Street; wir waren mit Straßenarbeiten beschäftigt – Gasrohre.«

Inspektor Parminter nickte. Auf Einzelheiten würde er später eingehen. Die Jarman Street, das wußte er, lag ganz in der Nähe der Culver Street, wo die Tragödie sich ereignet hatte.
»Sie hatten also kein Streichholz«, wiederholte er aufmunternd.
»Nein, meine Schachtel war leer, und Bills Feuerzeug funktionierte nicht. Also redete ich einen Mann an, der gerade vorbeikam. ›Können Sie uns ein Streichholz geben, Mister?‹ sagte ich. Dachte mir weiter nichts. Nein, da noch nicht. Er war einfach einer von vielen Passanten, und es war reiner Zufall, daß ich gerade ihn fragte.«
Parminter nickte wieder.
»Nun, er gab uns seine Streichhölzer, ohne einen Ton zu sagen. ›Lausig kalt‹, bemerkte Bill, und der Mann antwortete im Flüsterton: ›Ja, wirklich.‹ Hat 'ne tüchtige Erkältung, dachte ich. Er war auch bis zur Nasenspitze eingewickelt. ›Danke, Mister‹, sagte ich und gab ihm die Schachtel zurück. Er ging schnell davon, so schnell, daß es fast zu spät war, um ihn zurückzurufen, als ich sah, daß er etwas fallen gelassen hatte. Es war ein kleines Notizbuch, das er vielleicht mit den Streichhölzern aus der Tasche gezogen hatte. ›He, Mister‹, rief ich ihm nach, ›Sie haben was fallen lassen!‹ Aber er schien mich nicht zu hören – er beschleunigte seine Schritte und schoß um die Ecke, nicht wahr, Bill?«
»Stimmt«, pflichtete ihm Bill bei. »Wie ein geölter Blitz.«
»Er sauste in die Harrow Road, und es sah nicht so aus, als ob wir ihn einholen könnten, nicht bei dem Tempo, das er vorlegte. Es war auch schon ziemlich spät, und außerdem handelte es sich nur um ein kleines Notizbuch, keine Brieftasche oder so was. Vielleicht war es nicht so wichtig. ›Komischer Kauz‹, sagte ich noch. ›Den Hut bis über die Ohren gezogen und bis oben hin zugeknöpft – wie ein Gauner im Kintopp‹, sagte ich zu Bill. Nicht wahr, Bill?«
»Genau das hast du gesagt«, bestätigte Bill.
»Komisch, daß ich das gesagt habe. Nicht, daß ich mir irgendwas dabei gedacht habe. Hat's eilig, nach Hause zu

kommen, das war mein Gedanke, und ich konnte es ihm nicht verargen – es war verdammt kalt!«

»Verdammt kalt«, echote Bill.

»Also sagte ich zu Bill: ›Wir wollen uns das Büchlein mal angucken und sehen, ob es wichtig ist.‹ Gesagt, getan, Sir. ›Nur ein paar Adressen‹, sagte ich zu Bill. Culver Street Nummer vierundsiebzig und irgend so 'n blödes Herrenhaus.«

»Protzig«, bemerkte Bill voller Mißfallen.

Joe war allmählich in Schwung geraten und setzte seine Erzählung mit einer gewissen Begeisterung fort.

»›Culver Street Nummer vierundsiebzig‹, sagte ich zu Bill, ›das ist gerade um die Ecke. Nach Feierabend bringen wir es hin.‹ Und dann sah ich oben auf der Seite etwas Geschriebenes. ›Was ist das?‹ fragte ich Bill. Er nahm das Buch und las es vor. ›*Drei blinde Mäuse* – muß wohl plemplem sein‹, meinte er. Und gerade in diesem Augenblick – ja, Sir, genau in diesem Augenblick hörten wir ein paar Häuser weiter eine Frau schreien: ›Mord! Zu Hilfe!‹«

Joe flocht hier eine dramatische Pause ein.

»Und wie sie schrie!« fuhr er fort. »›Du‹, sagte ich zu Bill, ›spring doch mal eben hin.‹ Eine Weile später kam er zurück und sagte ganz aufgeregt: ›Da ist ein Menschenauflauf, und die Polizei ist da, einer Frau ist die Kehle durchgeschnitten worden, oder man hat sie erwürgt, und die Frau, die nach der Polizei geschrien hat, das war die Wirtin, die die Leiche gefunden hat.‹ – ›Wo war das?‹ sagte ich zu ihm. ›In der Culver Street‹, antwortete er. ›Welche Nummer?‹ fragte ich, und er sagte, er hätte nicht darauf geachtet.«

Bill räusperte sich und schurrte verlegen mit den Füßen wie jemand, der sich nicht mit Ruhm bekleckert hat.

»Also sagte ich: ›Laß uns hinspringen, um sicher zu sein.‹ Und als wir entdeckten, daß es Nummer vierundsiebzig war, haben wir uns besprochen. ›Vielleicht‹, sagte Bill, ›hat die Adresse im Notizbuch gar nichts damit zu tun‹, und ich sagte: ›Vielleicht doch.‹ – Na, als wir dann hörten, daß die Polizei nach einem Mann sucht, der um diese Zeit das Haus verlassen hatte, sind wir hierhergekommen und haben nach dem Herrn gefragt, der diesen Fall bearbeitet, und ich hoffe nur, daß wir Ihre Zeit nicht umsonst gestohlen haben.«

»Sie haben sehr richtig gehandelt«, lobte Parminter. »Haben Sie das Notizbuch bei sich? Danke vielmals. Nun ...«

Er stellte seine Fragen rasch und sachlich und holte alle Einzelheiten aus den beiden heraus. Nur eines gelang ihm nicht: eine genaue Beschreibung des Mannes zu bekommen, der das Notizbuch verloren hatte. Statt dessen erhielt er denselben Steckbrief, den ihm bereits eine hysterische Wirtin gegeben hatte: Hut tief ins Gesicht gezogen, Mantel bis oben zugeknöpft, Schal, der die untere Gesichtshälfte verdeckte, eine Flüsterstimme, behandschuhte Hände.

Als die Männer gegangen waren, blieb Parminter an seinem Tisch sitzen und starrte unentwegt auf das offen vor ihm liegende Notizbuch. Nach einer Weile würde er damit in die zuständige Abteilung gehen, um festzustellen, ob Fingerabdrücke vorhanden waren. Doch im Augenblick richtete er seine volle Aufmerksamkeit auf die beiden Adressen und die kleingeschriebene Zeile oben auf der ersten Seite.

Er wandte den Kopf, als Sergeant Kane den Raum betrat.

»Kommen Sie her, Kane, und sehen Sie sich das einmal an.«

Kane stellte sich hinter den Inspektor und pfiff leise vor sich hin. »*Drei blinde Mäuse*! Nun bin ich aber platt!«

»Ja.« Parminter öffnete eine Schublade und nahm einen halben Briefbogen heraus, den er neben das Notizbuch legte. Man hatte ihn, sorgfältig am Kleid der Ermordeten befestigt, gefunden.

Auf diesem Bogen stand geschrieben: *Dies ist die erste.* Darunter befanden sich eine kindliche Zeichnung von drei Mäusen und einige Notentakte.

Leise pfiff Kane die Melodie: *Drei blinde Mäuse, ha, wie sie rennen ...*

»Richtig. Das ist das Leitmotiv.«

»Verrückt, nicht wahr, Sir?«

»Ja.« Parminter runzelte die Stirn. »Die Identifizierung dieser Frau war doch eindeutig, wie?«
»Ja, Sir. Hier ist der Bericht der Abteilung für Fingerabdrücke. Mrs. Lyon, wie sie sich nannte, hieß in Wirklichkeit Maureen Gregg. Sie wurde vor zwei Monaten nach Verbüßung ihrer Strafe aus dem Gefängnis Holloway entlassen.«
Nachdenklich sagte Parminter: »Sie zog nach der Culver Street und nannte sich Maureen Lyon. Hin und wieder trank sie ein bißchen, und es war bekannt, daß sie ein paarmal einen Mann mit nach Hause brachte. Sie legte keinerlei Furcht an den Tag. Es besteht kein Grund zu der Annahme, daß sie sich in Gefahr wähnte. Dieser Fremde klingelt, fragt nach ihr und wird von der Wirtin in den zweiten Stock geschickt. Die Wirtin kann ihn nicht beschreiben, erwähnt nur, daß er mittelgroß war und infolge einer starken Erkältung seine Stimme verloren zu haben schien. Sie kehrte dann wieder ins Souterrain zurück und vernahm keinerlei verdächtige Geräusche. Auch hörte sie den Mann nicht fortgehen. Als sie etwa zehn Minuten später ihrer Mieterin den Tee brachte, fand sie sie erdrosselt vor.
Dies war kein Gelegenheitsmord, Kane. Er war sorgfältig geplant.« Er hielt inne und setzte dann unvermittelt hinzu: »Wie viele Häuser gibt es wohl in England, die den Namen Monkswell Manor führen?«
»Vielleicht gibt es nur eins, Sir.«
»Das wäre ein zu unverschämtes Glück. Aber stellen Sie Nachforschungen an.«
Der Blick des Sergeanten ruhte abwägend auf den beiden Eintragungen des Notizbuches: *74, Culver Street; Monkswell Manor*.
Schließlich meinte er: »Sie glauben also ...«
Rasch fiel ihm Parminter ins Wort: »Ja. Sie etwa nicht?«
»Möglich. Monkswell Manor ... ich könnte fast schwören, daß ich den Namen erst kürzlich gelesen habe.«
»Wo?«
»Das versuche ich mir gerade ins Gedächtnis zurückzurufen. Einen Augenblick ... Zeitung ... *Times*! Letzte Seite. Warten

Sie mal ... ›Hotels und Pensionen‹ ... Eine Sekunde, Sir, ich löste das Kreuzworträtsel der Nummer.«
Er eilte aus dem Zimmer und kam triumphierend zurück. »Ich hab's, Sir. Sehen Sie nur.«
Der Inspektor las die angedeutete Stelle.
Monkswell Manor, Harpleden, Berks. Er zog das Telefon zu sich heran. »Verbinden Sie mich mit der Polizei der Grafschaft Berkshire.«

Mit der Ankunft Major Metcalfs kam richtig Schwung in die Pension Monkswell Manor. Major Metcalf war weder furchterregend wie Mrs. Boyle noch auf die Nerven gehend wie Christopher Wren, sondern ein phlegmatischer Mann in mittleren Jahren, der einen sauberen, militärischen Eindruck machte und den größten Teil seiner Dienstzeit in Indien verbracht hatte. Er schien mit seinem Zimmer und dessen Möblierung durchaus zufrieden zu sein, und wenn er und Mrs. Boyle auch keine gemeinsamen Freunde entdecken konnten, so hatte er doch Vettern ihrer Freunde, *die Yorkshire-Linie*, drüben in Poonah gekannt. Sein Gepäck jedoch – zwei schwere schweinslederne Koffer – besänftigte sogar Giles' mißtrauische Natur.
Offen gestanden hatten Molly und Giles nicht viel Zeit, um sich in Spekulationen über ihre Gäste zu ergehen. Das Zubereiten und Servieren des Abendessens und das nachfolgende Geschirrspülen nahmen sie völlig in Anspruch. Major Metcalf pries den Kaffee, und Giles und Molly suchten müde, aber triumphierend ihre Lagerstätte auf, von der sie jedoch gegen zwei Uhr morgens durch das beharrliche Klingeln einer Glocke wieder aufgescheucht wurden.
Giles fluchte. »Es ist die Haustür. Wer kann das nur sein?«
»Beeil dich«, sagte Molly. »Um so eher wirst du es wissen.«
Mit einem vorwurfsvollen Blick auf Molly hüllte sich Giles in seinen Schlafrock und stieg die Treppe hinab. Molly hörte, wie der Riegel zurückgeschoben wurde, und dann ein Stimmengemurmel in der Halle. Von Neugierde getrieben, kroch sie aus dem Bett, um durch das Treppengeländer zu lugen.

Unten in der Halle half Giles einem bärtigen Fremden aus einem schneebedeckten Mantel. Abgerissene Sätze drangen zu ihr herauf.
»Brrr.« Seine Stimme klang irgendwie fremdländisch. »Meine Finger sind fast abgestorben. Und meine Füße...« Ein heftiges Stampfen wurde hörbar.
»Kommen Sie herein«, sagte Giles und öffnete die Tür der Bibliothek. »Hier ist es warm. Am besten warten Sie hier, während ich ein Zimmer herrichte.«
»Ich habe wirklich Glück gehabt«, bemerkte der Fremde höflich.
Molly spähte emsig durch das Geländer. Sie sah einen älteren Mann mit einem spitzen schwarzen Bärtchen und teuflischen Augenbrauen. Einen Mann, der sich trotz seiner ergrauten Schläfen mit jugendlichen, elastischen Schritten bewegte.
Giles schloß die Tür der Bibliothek und kam rasch die Treppe herauf. Molly erhob sich aus ihrer zusammengekauerten Stellung.
»Wer ist das?« fragte sie.
Giles grinste. »Ein neuer Gast. Sein Wagen hat sich in einer Schneewehe überschlagen. Es gelang ihm, sich daraus zu befreien, und dann ist er in dem wirbelnden Schneesturm – horch nur, wie es draußen heult! – die Straße entlanggestolpert, bis er unser Schild sah, das ihm, so sagt er, wie die Erfüllung eines Gebetes erschien.«
»Glaubst du, wir können es riskieren?«
»Aber Liebling, ein Einbrecher sucht sich gewiß nicht eine solche Nacht für seine Runden aus.«
»Er ist ein Ausländer, nicht wahr?«
»Ja. Sein Name ist Paravicini. Ich habe seine Brieftasche gesehen, die er, wie ich stark annehme, absichtlich gezeigt hat, und sie strotzte von Geldscheinen. Welches Zimmer sollen wir ihm geben?«
»Das grüne Zimmer. Es ist aufgeräumt und soweit fertig. Wir brauchen nur das Bett herzurichten.«
»Ich werde ihm einen Pyjama leihen müssen. Sein Gepäck ist

noch im Auto. Er erzählte mir, er habe durchs Fenster klettern müssen.«

Molly holte Laken, Kopfkissenbezüge und Handtücher.

Während sie eilig das Bett bezogen, bemerkte Giles: »Es schneit, was das Zeug halten will. Wir werden völlig von der Außenwelt abgeschnitten sein, Molly. Eigentlich ganz spannend, nicht wahr?«

»Ich weiß nicht recht«, meinte Molly voller Zweifel. »Glaubst du, daß ich Brot backen kann, Giles?«

»Natürlich. Du bringst alles fertig«, beruhigte sie ihr treuer Gatte.

»Ich habe es noch nie versucht. Brot gehört zu den Dingen, die man als selbstverständlich hinnimmt. Ob frisch oder alt, es wird vom Bäcker gebracht. Aber wenn wir eingeschneit sind, kommt kein Bäcker.«

»Auch kein Schlachter, kein Postbote, keine Zeitung, und wahrscheinlich werden wir auch ohne Telefon dasitzen.«

»Dann sind wir also nur auf das Radio angewiesen, das uns Verhaltungsmaßregeln gibt?«

»Jedenfalls produzieren wir selbst unser elektrisches Licht.«

»Du mußt morgen wieder den Generator laufen lassen, und wir müssen die Heizung gut versorgen.«

»Die nächste Koksladung dürfte jetzt ausbleiben. Und unser Vorrat ist ziemlich erschöpft.«

»Lieber Himmel! Giles, ich fürchte, es steht uns eine schlimme Zeit bevor. Nun schnell, hole diesen Mr. Soundso. Ich krieche wieder ins Bett.«

Der Morgen bestätigte Giles' Prophezeiungen. Der Schnee türmte sich anderthalb Meter hoch vor Türen und Fenstern, und es schneite immer noch. Die Welt sah weiß, schweigend und – auf undefinierbare Art – drohend aus.

Mrs. Boyle saß am Frühstückstisch. Sonst befand sich niemand im Eßzimmer. Major Metcalfs Gedeck am Nebentisch war bereits abgeräumt worden, und Mr. Wren war noch nicht erschienen. Ein Frühaufsteher – anscheinend – und ein

Langschläfer. Mrs. Boyle wußte mit Sicherheit, daß es nur eine richtige Frühstückszeit gab, und zwar neun Uhr.
Sie hatte ihre ausgezeichnete Omelette verzehrt und war nun damit beschäftigt, den Toast zwischen ihren starken weißen Zähnen zu zermalmen. Sie befand sich in einer grollenden, unentschlossenen Stimmung. Monkswell Manor entsprach ganz und gar nicht ihren Erwartungen. Sie hatte mit Bridge-Partnern gerechnet und gehofft, verwelkte alte Jungfern vorzufinden, die sie mit ihrer gesellschaftlichen Stellung und ihren Verbindungen beeindrucken und denen sie geheimnisvolle Andeutungen über die Wichtigkeit ihres Kriegsdienstes machen konnte.
Bei Kriegsende war Mrs. Boyle gleichsam an einer öden Küste gestrandet. Stets war sie eine geschäftige Frau gewesen, die die Worte »Tüchtigkeit« und »Organisation« beredt im Munde führte. Ihre kraftvolle Energie hatte die Leute davon abgehalten, zu fragen, ob sie tatsächlich eine gute und tüchtige Organisatorin war. Der Kriegsdienst war ihr auf den Leib geschrieben. Sie hatte die Menschen drangsaliert und tyrannisiert, die Leiter der verschiedenen Abteilungen gepiesackt und sich selbst – man muß ihr Gerechtigkeit widerfahren lassen – niemals geschont. Aus Angst vor ihrer leisesten Ungnade rannten unterwürfige Frauen, um ihre Befehle auszuführen. Und nun war dieses erregende, geschäftige Dasein vorüber. Sie stand wieder im Privatleben, aber ihr früheres Privatleben gab es nicht mehr. Ihr von der Armee requiriertes Haus mußte gründlich überholt werden, ehe sie es wieder beziehen konnte, und angesichts der herrschenden Dienstbotennot schien eine Rückkehr sowieso unpraktisch. Außerdem waren ihre Freunde in alle Winde zerstreut. Zweifellos würde sie bald wieder einen Platz an der Sonne finden, aber vorläufig hieß die Parole: abwarten. Ein Hotel oder eine Pension schien die beste Lösung zu sein, und sie hatte sich Monkswell Manor ausgesucht.
Geringschätzig ließ sie ihren Blick durch den Raum schweifen.
Höchst unaufrichtig von diesen Leuten, sagte sie sich, mir

nicht mitzuteilen, daß sie das Haus eben erst eröffnet haben.
Sie schob ihren Teller noch weiter von sich fort. Daß ihr Frühstück ausgezeichnet zubereitet und serviert worden war, mit gutem Kaffee und selbstgemachter Marmelade, brachte sie seltsamerweise noch mehr in Wallung. Denn dadurch war ihr ein berechtigter Grund zur Klage genommen. Ihr Bett mit den gestickten Laken und einem weichen Kopfkissen war ebenfalls komfortabel gewesen. Mrs. Boyle schätzte Komfort, aber nicht minder schätzte sie eine Gelegenheit, etwas aussetzen zu können. Vielleicht überwog die letztere Leidenschaft sogar.
Mrs. Boyle erhob sich majestätisch und verließ das Eßzimmer, wobei sie an der Tür dem höchst ungewöhnlichen jungen Mann mit dem rötlichen Haar begegnete, der an diesem Morgen einen knallgrünen, karierten Schlips trug – und noch dazu einen wollenen Schlips.
Unmöglich, sagte Mrs. Boyle im stillen. Einfach unmöglich.
Und dann die Art und Weise, wie er sie mit seinen hellen Augen so von der Seite ansah – nein, das gefiel ihr ganz und gar nicht. Es lag etwas Beunruhigendes, Ungewöhnliches in diesem ein wenig höhnischen Blick.
Höchstwahrscheinlich geistig nicht ganz auf Draht, dachte Mrs. Boyle bei sich.
Sie erwiderte seine schwungvolle Verbeugung mit einem leichten Kopfnicken und marschierte in den großen Salon. Bequeme Sessel hier, besonders der große rosenfarbige. Am besten stellte sie von vornherein klar, daß dies *ihr* Sessel war. Der Sicherheit halber legte sie ihr Strickzeug hinein und ging zu dem Heizkörper hinüber, den sie mit der Hand abtastete. Wie sie schon vermutet hatte, waren die Röhren nur warm, nicht etwa heiß. Ihre Augen blitzten kampflustig. *Hierüber* konnte sie ein paar Worte verlieren.
Sie blickte zum Fenster hinaus. Schauderhaftes Wetter – ganz schauderhaft. Nun, sie würde hier nicht lange bleiben – höchstens, wenn mehr Gäste kamen und den Aufenthalt

etwas amüsanter gestalteten.
Mit sanftem Rauschen glitt etwas Schnee vom Dach. Mrs. Boyle schreckte zusammen. »Nein«, sagte sie laut, »ich werde nicht lange bleiben.«
Irgend jemand lachte – es war ein dünnes, hohes Kichern. Sie wandte scharf den Kopf. Der junge Wren stand im Türrahmen und betrachtete sie mit seinem seltsamen Ausdruck.
»Nein«, meinte er, »das glaube ich auch nicht.«

Major Metcalf half Giles, den Schnee von der Hintertür wegzuschaufeln. Er war ein tüchtiger Arbeiter, und Giles erging sich in lauten Dankesbezeugungen.
»Gesunde Gymnastik«, erklärte Major Metcalf. »Man muß jeden Tag Gymnastik treiben, wenn man in Form bleiben will.«
Der Major war also ein Körperertüchtigungsfanatiker, wie Giles befürchtet hatte. Das paßte zu seinem Verlangen, um halb acht zu frühstücken.
Als habe er Giles' Gedanken gelesen, sagte der Major plötzlich: »Sehr nett von Ihrer Frau, mir das Frühstück so zeitig zu richten. Auch über das frischgelegte Ei habe ich mich sehr gefreut.«
Die dringenden Pflichten eines Pensionsinhabers hatten auch Giles schon vor sieben aus dem Bett getrieben. Molly und er hatten rasch etwas Tee getrunken und ein paar weiche Eier gegessen und dann die Wohnräume in Ordnung gebracht. Alles war jetzt pieksauber. Aber Giles dachte unwillkürlich, wäre *er* Gast in Monkswell Manor, könnten ihn keine zehn Pferde an einem solchen Morgen eine Minute früher als unbedingt notwendig aus den Federn bringen.
Der Major war jedoch schon früh auf den Beinen gewesen und hatte nach dem Frühstück das Haus durchstreift, ohne recht zu wissen, was er mit seiner überschäumenden Energie anfangen sollte.
Na, dachte Giles, er kann sich ja nun austoben, indem er Schnee schaufelt.
Er sah seinen Gefährten verstohlen von der Seite an. Es war

wirklich nicht leicht, diesen Mann einzustufen. Unnachgiebig, in vorgeschrittenen Jahren, ein merkwürdig beobachtender Blick. Ein Mann, der nichts verriet. Giles fragte sich im stillen, warum er wohl nach Monkswell Manor gekommen war. Wahrscheinlich pensioniert und keine andere Beschäftigung.

Mr. Paravicini kam spät nach unten. Er verzehrte ein einfaches kontinentales Frühstück: Kaffee und Toast.
Als Molly es ihm servierte, brachte er sie ein wenig aus der Fassung, indem er aufsprang, eine übertriebene Verbeugung machte und ausrief: »Ah, meine reizende Wirtin, nicht wahr?«
Molly nickte kurz. Um diese Stunde war sie nicht aufgelegt, Komplimente zu empfangen.
»Ich möchte mal wissen«, sagte sie, als sie das Geschirr, ohne Rücksicht auf Verluste, im Spülbecken auftürmte, »warum alle ihr Frühstück zu verschiedenen Zeiten haben müssen. Eine ziemliche Zumutung.«
Sie schleuderte die Teller in das Trockengestell und eilte nach oben, um sich über die Betten herzumachen. An diesem Morgen konnte sie keine Hilfe von Giles erwarten. Er mußte den Weg zum Boilerhaus und zum Hühnerstall freischaufeln.
Molly warf die Betten in höchster Eile zusammen, wobei sie eingestandenermaßen keinen allzu großen Wert auf Sorgfalt legte. Sie war gerade dabei, eines der Badezimmer zu säubern, als das Telefon läutete.
Zuerst verwünschte Molly diese Unterbrechung, dann aber spürte sie auf dem Wege nach unten eine gewisse Erleichterung darüber, daß wenigstens das Telefon noch in Betrieb war.
Ein wenig atemlos betrat sie die Bibliothek und nahm den Hörer von der Gabel.
»Ja, wer ist dort?«
Eine herzhafte Stimme mit einem leichten, aber angenehmen Dialekt fragte: »Ist Monkswell Manor am Apparat?«

»Ja, Pension Monkswell Manor.«
»Kann ich wohl mit Mr. Davis sprechen?«
»Er kann leider im Augenblick nicht an den Apparat kommen«, erwiderte Molly. »Ich bin Mrs. Davis. Mit wem spreche ich, bitte?«
»Inspektor Hogben von der Berkshire-Polizei.«
Molly rang nach Luft und stammelte: »O ja ... hm ... ja?«
»Mrs. Davis, es handelt sich um eine ziemlich dringliche Angelegenheit. Ich möchte mich am Telefon nicht weiter darüber auslassen. Aber ich habe Wachtmeister Trotter zu Ihnen geschickt – er muß jeden Augenblick eintreffen.«
»Aber das wird nicht möglich sein. Wir sind nämlich eingeschneit – vollständig eingeschneit. Die Straßen sind unpassierbar.«
Die Stimme am anderen Ende der Leitung verlor nicht eine Sekunde lang ihre Zuversichtlichkeit.
»Trotter wird Sie schon erreichen. Und bitte, Mrs. Davis, bestellen Sie Ihrem Gatten ausdrücklich, er möchte sich genau anhören, was Trotter zu berichten hat, und blindlings seine Instruktionen befolgen. Das wäre alles.«
»Aber, Inspektor Hogben, was ...«
Doch sie hörte nur noch ein scharfes Knacken. Hogben hatte offenbar das letzte Wort gesprochen und den Hörer aufgelegt. Molly rappelte ein paarmal an der Gabel und ließ den Hörer sinken. Als sie sich umdrehte, öffnete sich die Tür.
»O Giles, mein Liebling, da bist du ja.«
Giles hatte Schnee im Haar und ziemlich viel Kohlenruß im Gesicht. Er schien sehr erhitzt zu sein.
»Was gibt's denn, Liebes? Ich habe die Kohleneimer gefüllt und das Holz hereingebracht. Jetzt kommen die Hühner an die Reihe, und dann sehe ich mir den Boiler an. Einverstanden? Was hast du denn, Molly? Du siehst ja ganz verängstigt aus!«
»Giles, die *Polizei* war am Apparat.«
»Die Polizei?« fragte Giles ungläubig.
»Ja, sie schicken uns einen Inspektor oder einen Wachtmeister oder dergleichen.«

»Aber warum? Was haben wir denn verbrochen?«
»Ich weiß es nicht. Glaubst du, daß es sich um die zwei Pfund Butter handelt, die wir aus Irland bekamen?«
Giles runzelte die Stirn. »Die Rundfunkgebühr habe ich doch bezahlt, nicht wahr?«
»Ja, die Quittung liegt im Schreibtisch. Giles, die alte Mrs. Bidlock hat mir fünf Kleiderabschnitte für meinen alten Tweedmantel gegeben. Das ist wahrscheinlich verboten – aber meines Erachtens ist es durchaus gerecht. Ich habe einen Mantel weniger und dafür die Abschnitte. Lieber Himmel, was haben wir uns sonst noch zuschulden kommen lassen?«
»Ich hätte neulich beinahe Pech mit dem Wagen gehabt. Aber der andere hatte schuld. Ganz entschieden.«
»Irgend etwas müssen wir auf dem Kerbholz haben«, jammerte Molly.
»Leider ist ja praktisch alles, was man heutzutage tut, illegal«, meinte Giles verdrießlich. »Daher dieses dauernde Schuldgefühl. Wahrscheinlich dreht es sich um diesen Laden. Die Eröffnung einer Fremdenpension ist sicherlich mit tausend Fallen verbunden, von denen wir keine Ahnung haben.«
»Ich dachte, man braucht nur die Alkoholvorschriften zu beachten. Wir haben niemandem etwas zu trinken gegeben, und im übrigen können wir mit unserem eigenen Haus ja wohl anfangen, was wir wollen.«
»Ich weiß. Es klingt alles ganz richtig. Aber wie gesagt, heutzutage ist alles mehr oder weniger ungesetzlich.«
»Herrje«, seufzte Molly, »ich wollte, wir hätten die Finger davon gelassen. Wir werden tagelang eingeschneit sein. Die Gäste werden unwirsch und essen alle unsere Konserven auf.«
»Kopf hoch, Liebes«, ermunterte sie Giles. »Im Augenblick haben wir zwar eine Pechsträhne, aber es wird alles wieder gut werden.«
Etwas zerstreut gab er ihr einen Kuß auf den Kopf, und als er sie losließ, fügte er mit veränderter Stimme hinzu: »Weißt

du, Molly, wenn man es sich richtig überlegt, muß es sich um eine ziemlich ernsthafte Sache handeln. Sonst würde man keinen Polizeibeamten bei solchem Unwetter zu uns hinausschicken.« Er deutete mit der Hand auf die sich draußen türmenden Schneemassen. »Es muß wirklich sehr dringend sein...«

Bei diesen Worten öffnete sich die Tür, und Mrs. Boyle kam herein.

»Ach, hier sind Sie, Mr. Davis«, sagte Mrs. Boyle. »Wissen Sie, daß die Heizung im Salon praktisch eiskalt ist?«

»Tut mir leid, Mrs. Boyle. Aber unser Koksvorrat ist etwas knapp und...«

Mrs. Boyle fiel ihm rücksichtslos ins Wort. »Ich zahle hier sieben Pfund die Woche – *sieben* Pfund. Und ich bin *nicht* gewillt zu frieren.«

Giles errötete und sagte kurz: »Ich werde etwas mehr auflegen.«

Er verließ das Zimmer, und Mrs. Boyle wandte sich an Molly.

»Ich will mich ja nicht einmischen, Mrs. Davis, aber es ist doch ein sehr merkwürdiger junger Mann, den Sie hier aufgenommen haben. Seine Manieren – und seine Schlipse... Bürstet er sich eigentlich niemals das Haar?«

»Er ist ein äußerst tüchtiger Architekt«, erklärte Molly.

»Wie bitte?«

»Christopher Wren ist Architekt und...«

»Meine liebe junge Frau«, versetzte Mrs. Boyle schnippisch, »auch ich habe von *Sir Christopher Wren* gehört. Selbstredend war er ein Architekt. Er hat die St.-Pauls-Kathedrale gebaut. Die jungen Leute heutzutage scheinen anzunehmen, daß die ältere Generation keine Bildung genossen habe.«

»Ich meinte *unseren* Wren. Er heißt auch Christopher. Seine Eltern haben ihn so getauft, weil sie hofften, er würde Architekt werden. Und er ist tatsächlich einer – oder jedenfalls beinahe. Also hat sich die Hoffnung erfüllt.«

»Ha!« schnaubte Mrs. Boyle. »Das scheint mir eine höchst verdächtige Geschichte zu sein. An Ihrer Stelle würde ich

Erkundigungen über ihn einziehen. Was wissen Sie eigentlich von ihm?«
»Genausoviel wie von Ihnen, Mrs. Boyle: nämlich, daß er uns sieben Pfund die Woche zahlt. Das ist alles, was ich zu wissen brauche, nicht wahr? Das andere geht mich nichts an. Es ist mir gleichgültig, ob ich meine Gäste gern habe oder ob« – Molly blickte Mrs. Boyle fest in die Augen – »ich sie nicht ausstehen kann.«
Mrs. Boyle errötete vor Zorn. »Sie sind noch jung und unerfahren und sollten froh sein, wenn Ihnen jemand, der weiser ist als Sie, einen Rat erteilt. Und dann dieser merkwürdige Ausländer. Wann ist er denn eingetroffen?«
»Mitten in der Nacht.«
»Ach, wie seltsam! Nicht gerade die üblichste Zeit.«
»Ehrliche Reisende von der Tür zu weisen verstößt gegen das Gesetz, Mrs. Boyle.« Süßlich fügte Molly hinzu: »Das dürfte Ihnen vielleicht unbekannt sein.«
»Ich kann nur sagen, daß mir dieser Paravicini, oder wie der Mensch sich nennt...«
»Vorsicht, Vorsicht, meine Dame. Wenn man vom Teufel spricht, dann kommt er.«
Mrs. Boyle fuhr zusammen, als ob der Leibhaftige sie persönlich angesprochen habe. Mr. Paravicini, der leise hereingetrippelt war, rieb sich mit satanischer Heiterkeit die Hände.
»Sie haben mich erschreckt«, sagte Mrs. Boyle. »Ich habe Sie nicht kommen hören.«
»Ich schleiche auf Zehenspitzen«, erklärte Mr. Paravicini. »Niemand hört mich jemals kommen oder gehen. Das finde ich amüsant. Manchmal erlausche ich zufällig etwas dabei. Auch das amüsiert mich.« Leise setzte er hinzu: »Aber was ich gehört habe, vergesse ich nicht.«
Mrs. Boyle erwiderte ziemlich kleinlaut: »Wirklich? Ich muß mein Strickzeug holen – ich habe es im Salon liegengelassen.«
Sie verließ eilends das Zimmer. Molly betrachtete Mr. Paravicini mit einem verdutzten Ausdruck. Er kam tänzelnd auf

sie zu.
»Meine bezaubernde Wirtin scheint beunruhigt zu sein.« Ehe sie es verhindern konnte, hatte er ihr die Hand geküßt. »Was ist geschehen, Teuerste?«
Molly trat einen Schritt zurück. Im Augenblick war ihr Mr. Paravicini nicht allzu sympathisch. Er blinzelte sie an wie ein Satyr.
»Heute morgen ist alles ein bißchen kompliziert«, bemerkte sie leichthin. »Das liegt wohl an dem Schnee.«
»Ja.« Mr. Paravicini wandte den Kopf zum Fenster. »Der Schnee macht alles sehr schwierig, nicht wahr? Unter Umständen aber auch sehr leicht.«
»Ich weiß nicht, was Sie damit sagen wollen.«
»Nein«, meinte er nachdenklich. »Es gibt sehr vieles, das Sie nicht wissen. Ich glaube zum Beispiel, daß Sie von der Leitung einer Pension nicht viel verstehen.«
Molly schob kampflustig das Kinn vor. »Das mag sein. Aber wir lassen uns nicht unterkriegen.«
»Bravo, bravo.«
»Schließlich«, Mollys Stimme verriet eine leise Besorgnis, »bin ich keine allzu schlechte Köchin...«
»Sie sind zweifellos eine bezaubernde Köchin«, versicherte ihr Mr. Paravicini.
Wie lästig doch diese Ausländer waren, dachte Molly.
Es war, als habe Mr. Paravicini ihre Gedanken gelesen. Auf jeden Fall änderte sich sein Wesen. Er sprach jetzt ruhig und durchaus ernsthaft:
»Darf ich Ihnen einen kleinen Rat geben, Mrs. Davis? Sie und Ihr Gatte sollten nicht so vertrauensselig sein. Haben Sie über Ihre Gäste Auskünfte eingeholt?«
»Ist das üblich?« Molly schien schon wieder verängstigt. »Ich dachte, man nähme sie einfach auf.«
»Es ist stets vorteilhaft, etwas über die Menschen zu wissen, die unter Ihrem Dach schlafen.« Er beugte sich vor und klopfte ihr etwas bedrohlich auf die Schulter. »Sehen Sie mich an. Ich komme mitten in der Nacht hereingeschneit, im wahrsten Sinne des Wortes, und behaupte, mein Wagen

habe sich in einer Schneewehe überschlagen. Was wissen Sie von mir? Überhaupt nichts. Vielleicht wissen Sie ebensowenig von Ihren anderen Gästen.«
»Mrs. Boyle...«, begann Molly und hielt inne, als diese Dame mit ihrem Strickzeug in der Hand wieder ins Zimmer trat.
»Der Salon ist zu kalt. Ich werde mich hier aufhalten.« Mit diesen Worten schritt sie auf den Kamin zu.
Mr. Paravicini wirbelte vor ihr her. »Gestatten Sie, daß ich das Feuer für Sie schüre.«
Wie schon in der vergangenen Nacht war Molly von seinem jugendlichen, behenden Gang beeindruckt. Auch war ihr nicht entgangen, daß er stets darauf bedacht war, dem Licht den Rücken zu kehren, und jetzt, als er vor dem Feuer kniete, glaubte sie, den Grund dafür entdeckt zu haben. Mr. Paravicini war, wenn auch sehr geschickt, so doch ganz offensichtlich geschminkt.
Der alte Idiot versuchte also, jünger zu erscheinen, als er in Wirklichkeit war, dachte sie. Na, das war ihm nicht gelungen. Er sah eher noch älter aus. Nur der jugendliche Gang paßte nicht zu ihm. Aber vielleicht war auch der sorgfältig einstudiert.
Sie wurde aus ihren Grübeleien aufgescheucht und wieder in die rauhe Wirklichkeit zurückversetzt durch das plötzliche Erscheinen von Major Metcalf.
»Mrs. Davis, ich fürchte, die Rohre in der... hm« – er senkte seine Stimme züchtig – »unteren Toilette sind eingefroren.«
»Herrjemine!« stöhnte Molly. »Was für ein schrecklicher Tag! Erst die Polizei und nun die Rohre.«
Mr. Paravicini ließ das Schüreisen klirrend in den Kamin fallen, und Mrs. Boyle hörte mit dem Stricken auf. Molly, die Major Metcalf anblickte, war über seine plötzliche steife Haltung und seinen schwer zu beschreibenden Gesichtsausdruck verdutzt – ein Ausdruck, den sie sich nicht zu erklären vermochte: als sei jegliches Gefühl aus seinen Zügen gewichen und habe eine aus Holz geschnitzte Maske zurückgelassen.

»Die *Polizei*, sagten Sie?« stieß er abrupt hervor.
Sie spürte jetzt, daß es trotz seiner äußeren Gefaßtheit in seinem Innern gärte. Irgendeine heftige Gemütsbewegung – Furcht oder Wachsamkeit oder Erregung – schien ihn zu beherrschen. *Dieser Mann*, sagte sich Molly, *könnte gefährlich sein*.
Er hob wieder an, und diesmal lag nur eine milde Neugierde in seiner Stimme. »Was für ein Bewenden hat es mit der Polizei?«
»Man hat angerufen«, erwiderte Molly. »Gerade eben. Um uns mitzuteilen, daß man einen Wachtmeister zu uns herausschicken will.« Sie blickte aus dem Fenster und setzte hoffnungsvoll hinzu: »Aber ich glaube nicht, daß er es schaffen wird.«
»Warum schickt man einen Polizisten?« Er kam einen Schritt auf sie zu, aber ehe sie antworten konnte, öffnete sich die Tür, und Giles trat ein.
»Dieser verdammte Koks besteht zur Hälfte aus Steinen«, schimpfte er. Dann fügte er scharf hinzu: »Ist irgendwas passiert?«
Major Metcalf wandte sich zu ihm um. »Wie ich höre, soll die Polizei erscheinen. Warum eigentlich?«
»Oh, keine Sorge«, entgegnete Giles. »In diesem Wetter kommt niemand durch. Herrje, die Schneewehen sind über anderthalb Meter hoch. Die Straße ist völlig blockiert. Keine Menschenseele wird heute hier auftauchen.«
Im selben Augenblick vernahm man deutlich, wie dreimal ans Fenster geklopft wurde.
Alle fuhren erschreckt zusammen. Im ersten Augenblick wußte niemand, woher der Laut kam, der wie eine drohende, gespenstische Warnung klang. Dann deutete Molly mit einem Aufschrei auf die ins Freie führende Glastür. Draußen stand ein Mann und pochte an die Scheiben. Das Mysterium seiner Ankunft erklärte sich aus der Tatsache, daß er Schier trug.
Mit einem Ausruf des Erstaunens durcheilte Giles das Zimmer, machte sich am Schloß zu schaffen und öffnete die

Glastür.
»Vielen Dank, Sir«, sagte der Neuankömmling, der eine heitere Stimme und ein tiefgebräuntes Gesicht besaß. »Wachtmeister Trotter«, stellte er sich vor.
Mrs. Boyle nahm ihn über ihr Strickzeug hinweg mißbilligend aufs Korn. »Sie können noch kein Wachtmeister sein«, verkündete sie geringschätzig. »Dafür sind Sie zu jung.«
Der junge Mann, der in der Tat noch sehr jung war, antwortete in etwas verärgertem Ton: »Ich bin nicht ganz so jung, wie ich aussehe, meine Gnädigste.«
Sein Blick wanderte über die Gruppe und blieb auf Giles haften.
»Sind Sie Mr. Davis? Könnte ich wohl diese Schier ablegen und irgendwo verstauen?«
»Selbstverständlich. Kommen Sie nur mit.«
Sobald die Tür zur Halle sich hinter den beiden geschlossen hatte, bemerkte Mrs. Boyle giftig: »Anscheinend zahlen wir heutzutage die vielen Steuern, damit die Polizei sich beim Wintersport amüsieren kann.«
Paravicini war inzwischen dicht an Molly herangetreten. Zischelnd raunte er ihr ins Ohr: »Warum haben Sie die Polizei gerufen, Mrs. Davis?«
Vor der brennenden Feindseligkeit seines Blickes wich sie ein wenig zurück. *Dieser* Mr. Paravicini war ihr ganz neu. Einen Augenblick lang spürte sie Furcht und erwiderte ratlos: »*Ich* habe sie doch nicht gerufen, ganz bestimmt nicht!«
Dann stürzte Christopher Wren aufgeregt ins Zimmer und flüsterte mit hoher, durchdringender Stimme: »Wer ist dieser Mann in der Halle? Wo kommt er her? Geradezu unanständig gesund – und ganz voll Schnee!«
Mrs. Boyles Stimme überdröhnte das Geklapper ihrer Stricknadeln. »Sie mögen es glauben oder nicht, aber der Mann ist ein Polizist. Ein schilaufender Polizist!«
Es gab keinerlei Privileg für die bessere Gesellschaft mehr – das schien aus ihren Worten zu klingen.
Major Metcalf flüsterte Molly zu: »Entschuldigen Sie, Mrs.

Davis, darf ich Ihr Telefon benutzen?«
»Natürlich, Major Metcalf.«
Während er an den Apparat trat, ließ sich Christopher Wrens schrilles Organ vernehmen: »Er sieht blendend aus. Finden Sie nicht auch? Für mein Empfinden sind Polizisten schrecklich attraktiv.«
»Hallo, hallo...« Major Metcalf rappelte gereizt an der Gabel und wandte sich an Molly. »Mrs. Davis, dieses Telefon gibt überhaupt keinen Ton von sich.«
»Eben war es doch noch in Ordnung. Ich...«
Sie wurde von Christopher Wren unterbrochen, der in ein fast hysterisches Gelächter verfiel. »Aha, wir sind jetzt völlig abgeschnitten. Völlig abgeschnitten. Komisch, nicht wahr?«
»Das kann ich nicht lächerlich finden«, bemerkte Major Metcalf gezwungen.
»Ich auch nicht«, stimmte Mrs. Boyle zu.
Christopher schüttelten immer noch Lachkrämpfe. »Nur ein kleiner Scherz von mir«, erklärte er. »Pst!« – er legte den Finger an die Lippen –, »der Spürhund naht.«
Giles und Wachtmeister Trotter traten zusammen ins Zimmer. Trotter, der seine Schier abgeschnallt und den Schnee von seinem Anzug gebürstet hatte, trug ein großes Notizbuch und einen Bleistift in der Hand. Er brachte die Atmosphäre eines langwierigen Gerichtsverfahrens mit sich.
»Molly«, sagte Giles, »Wachtmeister Trotter möchte ein Wort mit uns allein reden.«
Molly folgte den beiden aus dem Zimmer.
»Wir gehen am besten ins Studierzimmer«, schlug Giles vor.
Sie gingen in das kleine Kabinett am Ende der Halle, das diesen würdigen Namen trug, und Wachtmeister Trotter schloß sorgfältig die Tür hinter sich.
»Was haben wir verbrochen, Wachtmeister?« fragte Molly kläglich.
»Verbrochen?« Wachtmeister Trotter starrte sie an. Dann lächelte er über das ganze Gesicht. »Aber darum handelt es

sich doch gar nicht. Es tut mir leid, wenn ein Mißverständnis aufgekommen ist. Nein, Mrs. Davis, es geht um etwas ganz anderes – eher um polizeilichen Schutz, wenn Sie mich recht verstehen.«
Da sie ihn nicht im geringsten verstanden, blickten beide ihn fragend an.
Wachtmeister Trotter fuhr beredt fort. »Mein Anliegen hat etwas mit Mrs. Lyon zu tun, Mrs. Maureen Lyon, die vor zwei Tagen in London ermordet wurde. Sie haben vielleicht davon in der Zeitung gelesen.«
»Ja«, sagte Molly.
»Als erstes möchte ich wissen, ob Sie mit dieser Mrs. Lyon bekannt waren.«
»Hab' nie was von ihr gehört«, erklärte Giles, und Molly stimmte ihm murmelnd zu.
»Nun, das haben wir uns schon gedacht. Aber in Wirklichkeit hieß die Ermordete nicht Lyon. Sie wurde in den Polizeiakten geführt und an Hand der vorhandenen Fingerabdrücke ohne Schwierigkeiten identifiziert. Ihr eigentlicher Name lautete Gregg, Maureen Gregg. John Gregg, ihr verstorbener Mann, war Landwirt und wohnte auf der Longridge-Farm unweit von hier. Vielleicht haben Sie gehört, was sich seinerzeit zugetragen hat?«
Im Raum herrschte Totenstille. Nur ein einziger Laut unterbrach das Schweigen: ein dumpfer, unerwarteter Aufprall, als Schnee vom Dach rutschte. Es war ein geheimnisvolles, fast unheimliches Geräusch.
Trotter fuhr fort. »Im Jahr 1940 wurden drei evakuierte Kinder bei den Greggs auf der Longridge-Farm einquartiert. Eines dieser Kinder starb später infolge der sträflichen Vernachlässigung und der Mißhandlungen, die sie dort erlitten hatten. Der Fall erregte ziemliches Aufsehen, und beide Greggs wurden zu Gefängnisstrafen verurteilt. Gregg gelang es, auf dem Wege zum Gefängnis zu entkommen. Er stahl ein Auto und stieß auf der Flucht mit einem anderen Wagen zusammen. Er war sofort tot. Mrs. Gregg hat ihre Zeit abgesessen und wurde vor zwei Monaten entlassen.«

»Und nun ist sie ermordet worden«, murmelte Giles. »Wen hat man in Verdacht?«
Doch Wachtmeister Trotter ließ sich nicht zur Eile antreiben. »Erinnern Sie sich an den Fall, Sir?« fragte er.
Giles schüttelte den Kopf. »Im Jahr 1940 diente ich als Marineoffizier im Mittelmeer.«
Trotter ließ seinen Blick zu Molly gleiten.
»Ich ... ich erinnere mich tatsächlich, etwas davon gehört zu haben«, gestand Molly ein wenig keuchend. »Aber warum kommen Sie zu uns? Was haben *wir* damit zu tun?«
»Die Sache ist die: Sie schweben in Gefahr, Mrs. Davis.«
»Gefahr?« wiederholte Giles ungläubig.
»Es verhält sich folgendermaßen, Sir. In der Nähe des Tatortes fand man ein Notizbuch, das zwei Adressen enthielt. Die erste war Culver Street vierundsiebzig.«
»Wo die Frau ermordet wurde?« warf Molly ein.
»Ja, Mrs. Davis. Die andere Adresse war Monkswell Manor.«
»Was sagen Sie da?« Mollys Ton klang ungläubig. »Aber wie seltsam!«
»Ja. Aus diesem Grunde hielt Inspektor Hogben es für ungeheuer wichtig, ausfindig zu machen, ob irgendeine Verbindung zwischen Ihnen oder diesem Haus und der Geschichte mit der Longridge-Farm besteht.«
»Nein, nicht die geringste«, versicherte ihm Giles. »Es muß purer Zufall sein.«
Wachtmeister Trotter entgegnete sanft: »Inspektor Hogben hält es aber nicht für einen Zufall. Er wäre selbst gekommen, wenn es irgend möglich gewesen wäre. Aber bei diesem Wetter schickte er mich, da ich ein erfahrener Schiläufer bin. Er gab mir die Anweisung, mich eingehend über jede im Haus befindliche Person zu informieren, ihm telefonisch Bericht zu erstatten und alle Maßnahmen zu treffen, die ich für die Sicherheit des Haushaltes für notwendig halte.«
»Sicherheit?« wiederholte Giles in scharfem Ton. »Mein Gott, Sie nehmen doch nicht etwa an, daß jemand hier im Haus umgebracht werden soll?«

»Ich wollte die Dame nicht beunruhigen«, erkärte Trotter, »aber gerade das ist es, was Inspektor Hogben befürchtet.«
»Aber um Himmels willen, aus welchem Grunde...«
Trotter fiel ihm ins Wort. »Um das zu entdecken, bin ich ja hier.«
»Aber das Ganze ist total verrückt.«
»Ja, Sir. Und eben deswegen so gefährlich.«
Molly mischte sich ein. »Ich habe den Eindruck, daß Sie uns noch nicht alles gesagt haben. Stimmt's, Wachtmeister?«
»Ja, Madam. Über der Seite in dem bewußten Notizbuch standen die Worte: *Drei blinde Mäuse*. An das Kleid der Ermordeten war ein Zettel geheftet mit der Anschrift: *Dies ist die erste*. Darunter befanden sich eine Zeichnung von drei Mäusen und ein paar Notentakte, die die Melodie des Kinderliedes angaben.«
Molly sang leise vor sich hin:

Drei blinde Mäuse,
Ha, wie sie rennen...

Sie brach ab. »Oh, es ist gräßlich – schauderhaft. Drei Kinder waren damals auf der Farm, nicht wahr?«
»Ja, Mrs. Davis. Ein fünfzehnjähriger Junge, ein vierzehnjähriges Mädchen und der zwölfjährige Junge, der später starb.«
»Was ist aus den zwei anderen geworden?«
»Das Mädchen wurde, soviel ich weiß, von einer Familie adoptiert. Es ist uns nicht gelungen, sie ausfindig zu machen. Der Junge müßte jetzt etwa dreiundzwanzig sein. Wir haben ihn aus den Augen verloren. Er soll immer ein wenig – sonderbar gewesen sein. Mit achtzehn Jahren trat er ins Heer ein und ist später fahnenflüchtig geworden. Seitdem ist er verschwunden. Der Militärpsychiater behauptet steif und fest, daß er nicht normal gewesen sei.«
»Sie nehmen also an, daß *er* es war, der Mrs. Lyon umgebracht hat?« fragte Giles. »Daß es sich also um einen mord-

süchtigen Irren handelt, der aus unbekannten Gründen hier auftauchen mag?«
»Wir vermuten, daß irgend jemand in diesem Haus etwas mit den Vorgängen auf der Longridge-Farm zu tun hatte. Sobald wir einen solchen Zusammenhang festgestellt haben, sind wir im voraus gewappnet. Sie, Sir, behaupten also, daß Sie in keiner Weise in diesen Fall verwickelt waren. Gilt das auch für Sie, Mrs. Davis?«
»Ich ... ja, natürlich.«
»Wollen Sie mir bitte alle Personen nennen, die sich bei Ihnen aufhalten?«
Sie gaben ihm die Namen: Mrs. Boyle; Major Metcalf; Mr. Christopher Wren; Mr. Paravicini. Er schrieb sie in sein Notizbuch.
»Und wie steht's mit dem Hauspersonal?«
»Wir haben kein Personal«, erwiderte Molly. »Dabei fällt mir ein, daß ich unbedingt die Kartoffeln aufsetzen muß.«
Mit diesen Worten eilte sie aus dem Zimmer.
Trotter wandte sich an Giles. »Was wissen Sie über die Leute, Sir?«
»Ich – wir...« Giles stotterte. Doch dann fuhr er gelassen fort: »Eigentlich gar nichts, Wachtmeister. Mrs. Boyle schrieb uns von einem Hotel in Bournemouth, Major Metcalf aus Leamington, Mr. Wren von einem Privathotel in South Kensington. Mr. Paravicini schneite buchstäblich mitten in der Nacht herein, da sein Wagen sich hier in der Nähe in einer Schneewehe überschlagen hatte. Ich nehme jedoch an, daß alle Personalausweise, Lebensmittelkarten und dergleichen besitzen.«
»Das werde ich natürlich noch prüfen.«
»In gewisser Hinsicht ist es ja günstig, daß das Wetter so schauderhaft ist«, meinte Giles. »Unter diesen Umständen kann der Mörder unmöglich bis zu uns vordringen, nicht wahr?«
»Vielleicht braucht er das nicht einmal, Mr. Davis?«
»Was soll das heißen?«

Wachtmeister Trotter zögerte eine Sekunde. Dann sagte er: »Sie müssen die Möglichkeit ins Auge fassen, Sir, daß er *vielleicht schon hier ist.*«
Giles starrte ihn verdutzt an.
»Wie soll ich das verstehen?«
»Mrs. Gregg wurde vor zwei Tagen umgebracht. *Alle Ihre Gäste sind erst nach diesem Zeitpunkt hier eingetroffen. Mr. Davis.*«
»Ja, allerdings, aber sie hatten ihre Zimmer sämtlich im voraus bestellt – eine ganze Weile im voraus –, außer Paravicini.«
Wachtmeister Trotter seufzte, und seine Stimme klang müde. »Diese Verbrechen sind im voraus geplant.«
»Diese Verbrechen? Bisher ist doch nur eins begangen worden. Warum sind Sie so sicher, daß ein weiteres folgen wird?«
»Daß es ausgeführt wird – dessen bin ich nicht sicher. Das hoffe ich zu verhindern. Daß es versucht wird, davon bin ich überzeugt.«
»Wenn Ihre Ansicht richtig ist«, sprudelte Giles erregt hervor, »dann käme nur eine Person in Frage – die einzige Person, die das passende Alter hat. *Christopher Wren!*«

Wachtmeister Trotter hatte Molly in der Küche aufgesucht.
»Ich würde es sehr begrüßen, Mrs. Davis, wenn Sie mit mir in die Bibliothek kommen würden. Dort möchte ich für alle ein paar grundsätzliche Bemerkungen machen. Mr. Davis hat Ihre Leute freundlicherweise schon darauf vorbereitet.«
»Gern – lassen Sie mich eben die Kartoffeln fertig schälen. Manchmal wünsche ich, Sir Walter Raleigh hätte diese vertrackten Dinger gar nicht entdeckt.«
Wachtmeister Trotter bewahrte ein mißbilligendes Schweigen, das von Molly unterbrochen wurde. »Ich kann es einfach nicht glauben, was Sie uns da erzählt haben. Es ist so – phantastisch!«
»Es ist durchaus nicht phantastisch, Madam. Es handelt sich um nackte Tatsachen.«

»Haben Sie eine Beschreibung dieses Mannes?« fragte Molly neugierig.
»Mittelgroß, schmächtig gebaut, trug einen dunklen Mantel und einen hellen Hut, sprach im Flüsterton, sein Gesicht war durch einen Schal verhüllt. Wie Sie sehen, trifft das auf Hinz und Kunz zu.« Nach einer kleinen Pause fuhr er fort: »Drei dunkle Mäntel und helle Hüte hängen auch in Ihrer Halle, Mrs. Davis.«
»Ich glaube nicht, daß einer von den Gästen aus London kam.«
»Wirklich nicht, Mrs. Davis?« Mit affenartiger Geschwindigkeit bewegte sich Wachtmeister Trotter auf die Anrichte zu und ergriff die dort liegende Zeitung.
»Der *Evening Standard* vom 19. Februar. Zwei Tage alt. Irgend jemand hat die Zeitung mitgebracht, Mrs. Davis!«
»Wie merkwürdig!« Molly starrte auf die Zeitung, und eine schwache Saite vibrierte in ihrem Gedächtnis. »Woher mag sie nur stammen?«
»Sie dürfen die Menschen nicht nur nach ihrem Äußeren beurteilen, Mrs. Davis. Sie wissen im Grunde gar nichts von diesen Leuten, die Sie in Ihr Haus aufgenommen haben.« Er setzte hinzu: »Ich nehme an, daß Sie und Mr. Davis noch nicht lange mit der Leitung einer Pension vertraut sind.«
»Das stimmt«, gab Molly zu. Sie kam sich auf einmal recht jung, töricht und kindisch vor.
»Wahrscheinlich sind Sie auch noch nicht lange verheiratet, wie?«
»Gerade ein Jahr.« Sie errötete ein wenig. »Es kam alles ziemlich plötzlich.«
»Liebe auf den ersten Blick«, meinte Wachtmeister Trotter verständnisinnig.
Molly fühlte sich nicht imstande, ihn kühl abblitzen zu lassen. »Ja«, erwiderte sie und fügte in plötzlicher Vertrauensseligkeit hinzu: »Wir hatten uns nur vierzehn Tage lang gekannt.«
Ihre Gedanken eilten zurück zu jenen stürmischen zwei Wochen ihrer jungen Liebe. Es hatte keine Zweifel gegeben –

sie hatten beide gewußt, daß sie einander gehörten. In einer gequälten, nervösen Welt hatten sie das Wunder ihrer Liebe gefunden. Ein leises Lächeln umspielte ihre Lippen.
Sie kehrte wieder in die Wirklichkeit zurück und spürte, wie Wachtmeister Trotters Blick nachsichtig auf ihr ruhte.
»Ihr Gatte stammt wohl nicht aus dieser Gegend, wie?«
»Nein«, erwiderte Molly zerstreut. »Er kommt aus Lincolnshire.«
Von Giles' Vergangenheit wußte sie eigentlich fast nichts. Seine Eltern waren tot, und er vermied jedes Gespräch über seine Jugend. Wahrscheinlich hatte er eine unglückliche Kindheit verlebt.
»Sie sind beide noch sehr jung für die Leitung eines solchen Unternehmens, wenn ich mir die Bemerkung gestatten darf.«
»Das will ich nicht sagen. Ich bin zweiundzwanzig und...«
Molly brach ab, als sich die Tür öffnete und Giles erschien.
»Sie sind alle versammelt«, verkündete er, »und ich habe ihnen die Situation in groben Umrissen skizziert. Sie haben hoffentlich nichts dagegen, Wachtmeister.«
»Nein, damit haben Sie mir viel Zeit erspart«, sagte Trotter. »Sind Sie bereit, Mrs. Davis?«

Vier Stimmen erhoben sich gleichzeitig, als Wachtmeister Trotter die Bibliothek betrat.
Die höchste und schrillste war die von Christopher Wren. Er verkündete der Umwelt, daß dies alles maßlos aufregend sei und er in der kommenden Nacht kein Auge schließen werde und ob man nicht, *bitte,* alle die blutigen Einzelheiten erfahren könnte?
Mrs. Boyle lieferte dazu die Kontrabaßbegleitung. »Eine unglaubliche Schande – die reinste Unfähigkeit – unerhört, daß die Polizei Mörder frei herumstromern läßt!«
Mr. Paravicini redete hauptsächlich mit den Händen. Seine Gesten waren beredter als seine Worte, die von Mrs. Boyles Kontrabaß übertönt wurden. Gelegentlich drang Major Met-

calfs schroffes, abgerissenes Bellen durch das Stimmengewirr. Er verlangte nach Tatsachen.
Trotter wartete eine Weile. Dann hob er gebieterisch die Hand, und erstaunlicherweise trat Ruhe ein.
»Ich danke Ihnen, meine Herrschaften«, sagte er. »Nun, Mr. Davis hat Ihnen bereits die Gründe für meine Anwesenheit auseinandergesetzt. Ich möchte nur eines wissen, mehr nicht, aber ich möchte es sehr rasch wissen. *Wer von Ihnen hat etwas mit den Vorkommnissen auf der Longridge-Farm zu tun?*«
Eisiges Schweigen folgte diesen Worten. Vier ausdruckslose Gesichter starrten Wachtmeister Trotter an. Die eben noch zum Ausdruck gebrachten Gefühle – Erregung, Empörung, Hysterie, Neugierde – waren wie ausgelöscht, als sei jemand mit einem Schwamm über eine Schiefertafel gefahren.
Wachtmeister Trotter begann von neuem, diesmal etwas eindringlicher. »Bitte, verstehen Sie mich doch. Wir haben Grund zu der Annahme, daß einer von Ihnen in Gefahr – in *Lebensgefahr* – schwebt. Ich muß unbedingt wissen, wer von Ihnen das ist!«
Und immer noch rührte sich keiner.
Trotters Stimme klang jetzt ein wenig zornig. »Na schön – ich werde jetzt alle der Reihe nach fragen. Mr. Paravicini?«
Ein schwaches Lächeln breitete sich über Mr. Paravicinis Züge. Er hob die Hände in einer protestierenden, theatralischen Geste.
»Aber ich bin doch fremd in dieser Gegend, Inspektor. Ich weiß nichts, aber auch gar nichts von diesen lokalen Angelegenheiten vergangener Tage.«
Trotter verschwendete keine Zeit, sondern sagte scharf: »Mrs. Boyle?«
»Ich sehe tatsächlich nicht ein, warum ... Ich meine – warum sollte ausgerechnet *ich* mit einer so peinlichen Angelegenheit zu schaffen haben?«
»Mr. Wren?«
Christopher schrillte: »Ich war ja damals noch ein Kind. Ich kann mich nicht einmal daran erinnern, etwas davon gehört

zu haben.«
»Major Metcalf?«
Der Major entgegnete schroff: »Las davon in der Zeitung. War seinerzeit in Edinburgh stationiert.«
»Und das ist alles, was Sie mir zu sagen haben – Sie alle miteinander?«
Wieder herrschte Schweigen.
Trotter stieß einen Seufzer der Verzweiflung aus. »Nun gut, wenn einer von Ihnen ermordet wird, dann hat er es sich selbst zuzuschreiben.«
Er wandte sich unvermittelt ab und verließ das Zimmer.
»Herrje«, äußerte sich Christopher, »wie melodramatisch!«
Er setzte hinzu: »Er sieht sehr gut aus, nicht wahr? Ich bewundere die Polizei. So streng und so abgebrüht. Ein ziemlicher Nervenkitzel, diese ganze Geschichte. *Drei blinde Mäuse*. Wie geht doch noch die Melodie?«
Er pfiff die Weise vor sich hin, und Molly rief: »Bitte, nicht!«
Er wirbelte herum und betrachtete sie lachend. »Aber, meine Liebe, es ist doch mein Leitmotiv. Ich bin noch nie zuvor für einen Mörder gehalten worden, und es macht mir ungeheuren Spaß!«
»Überspannter Unsinn«, erklärte Mrs. Boyle. »Ich glaube kein Wort davon.«
In Christophers blassen Augen flackerte es spitzbübisch auf. »Warten Sie nur, Mrs. Boyle«, sagte er mit gesenkter Stimme, »bis ich mich von hinten an Sie heranschleiche und Sie meine Hände an Ihrer Kehle spüren.«
Molly zuckte zusammen.
Giles wurde zornig. »Sie machen meine Frau ganz nervös, Wren. Nebenbei gesagt, war es ein verdammt taktloser Witz.«
»Das Ganze ist wahrhaftig kein Scherz«, ließ sich der Major vernehmen.
»Im Gegenteil«, protestierte Christopher. »Das ist es ja gerade – der Scherz eines Verrückten. Dadurch wird die Situation so wundervoll makaber.«

Lachend blickte er alle der Reihe nach an. »Wenn Sie nur Ihre Gesichter sehen könnten«, meinte er.
Dann verließ er rasch das Zimmer.
Mrs. Boyle erlangte zuerst die Sprache wieder. »Ein selten ungezogener und neurotischer junger Mann«, bemerkte sie. »Wahrscheinlich ein Kriegsdienstverweigerer.«
»Er erzählte mir, daß er während eines Luftangriffs achtundvierzig Stunden unter Trümmern begraben lag, ehe man ihn ausbuddelte«, erwähnte Major Metcalf. »Dadurch läßt sich wohl manches erklären.«
»Die Leute haben tausend Entschuldigungen, wenn sie sich von ihren Nerven unterkriegen lassen«, versetzte Mrs. Boyle bissig. »Ich habe im Krieg bestimmt ebensoviel durchgemacht wie jeder andere, aber *meine* Nerven sind völlig in Ordnung.«
»Das kommt Ihnen vielleicht noch einmal gut zustatten, Mrs. Boyle«, meinte Metcalf.
»Was soll das heißen?«
Major Metcalf erwiderte gemessen: »Ich glaube, Sie waren im Jahre 1940 Quartiermacherin für diesen Bezirk, Mrs. Boyle.« Er blickte zu Molly hinüber, die ernst nickte. »Ich habe doch recht, nicht wahr?«
Zornesröte stieg Mrs. Boyle in die Wangen. »Na, und was besagt das schon?« fragte sie schroff.
»*Sie* waren für die Unterbringung der drei Kinder auf der Longridge-Farm verantwortlich«, lautete die ernste Antwort.
»Hören Sie, Major, es ist mir wirklich schleierhaft, wie man mich für das Geschehen verantwortlich machen kann. Die Leute auf der Farm schienen sehr nett zu sein und wollten die Kinder unbedingt aufnehmen. Ich finde wirklich nicht, daß mich irgendeine Schuld trifft – oder daß man mir die Verantwortung in die Schuhe schieben könnte.«
Giles fragte scharf: »Warum haben Sie das nicht Wachtmeister Trotter erzählt?«
»Weil es die Polizei nichts angeht«, erwiderte Mrs. Boyle schroff. »Ich kann auf mich selbst aufpassen.«

»Ich würde Ihnen raten, auf der Hut zu sein«, warnte Major Metcalf.
Damit verließ auch er das Zimmer.
Molly murmelte: »Sie waren tatsächlich die Quartiermacherin. Ich entsinne mich jetzt ganz gut.«
Giles starrte sie an. »Molly, wußtest du darüber Bescheid?«
»Ihnen gehörte das große Haus am Gemeindeplatz, nicht wahr?«
»Es wurde requiriert«, entgegnete Mrs. Boyle. »Und nun ist es vollständig ruiniert«, fügte sie bitter hinzu. »Verwüstet. Ein Skandal.«
Hier begann Mr. Paravicini leise vor sich hin zu kichern. Dann warf er den Kopf zurück und brach in ein schallendes Gelächter aus.
»Sie müssen mir verzeihen«, ächzte er. »Aber ich finde dies alles höchst amüsant. Ja, es macht mir Spaß – riesigen Spaß.«
In diesem Augenblick betrat Wachtmeister Trotter wieder das Zimmer und warf Mr. Paravicini einen mißbilligenden Blick zu. »Es freut mich«, sagte er ironisch, »daß Sie die Sache so belustigend finden.«
»Ich bitte vielmals um Entschuldigung, Inspektor, daß ich die Wirkung Ihrer feierlichen Warnung verdorben habe.«
Wachtmeister Trotter zuckte die Achseln. »Ich habe mein Bestes getan, um Ihnen die Situation zu erläutern. Außerdem bin ich kein Inspektor, sondern nur Wachtmeister. Bitte, Mrs. Davis, ich möchte gern das Telefon benutzen.«
»Ich krieche zu Kreuze«, erklärte Mr. Paravicini, »und schleiche mich davon.«
Mit diesen Worten ging er hinaus, aber durchaus nicht schleichend, sondern mit dem jugendlich elastischen Schritt, den Molly schon vorher an ihm bemerkt hatte.
»Merkwürdiger Kauz«, meinte Giles.
»Verbrechertyp«, erklärte Trotter. »Würde ihm nicht über den Weg trauen.«
»Oh«, warf Molly dazwischen. »Denken Sie etwa, daß *er* ...? Aber er ist ja viel zu alt. Oder ist er vielleicht gar nicht

alt? Er gebraucht Make-up, eine ganze Menge sogar. Und er hat einen jugendlichen Gang. Vielleicht hat er sich so zurechtgemacht, um alt zu wirken? Wachtmeister Trotter, glauben Sie ...«

Der Wachtmeister erteilte ihr einen strengen Verweis. »Nutzlose Spekulationen bringen uns keinen Schritt weiter, Mrs. Davis, und jetzt muß ich Inspektor Hogben Bericht erstatten.«

Er durchquerte den Raum, um zum Telefon zu gelangen.

»Sie können nicht telefonieren«, sagte Molly, »der Apparat ist tot.«

»Was sagen Sie da?« Trotter drehte sich blitzschnell um. Der scharfe, besorgte Ton seiner Stimme beeindruckte alle. »Tot? Seit wann?«

»Major Metcalf versuchte kurz vor Ihrer Ankunft zu telefonieren.«

»Aber davor muß es noch in Ordnung gewesen sein. Sie haben doch Inspektor Hogbens Botschaft bekommen, nicht wahr?«

»Ja. Aber ich glaube, daß die Drähte seit etwa zehn Uhr am Boden liegen – infolge der Schneemassen.«

Trotters Miene blieb ernst. »Wer weiß«, sagte er. »Die Drähte können auch durchgeschnitten sein.«

Molly starrte ihn ungläubig an. »Glauben Sie wirklich?«

»Ich werde mich davon überzeugen.«

Er eilte aus dem Zimmer, und nach kurzem Zaudern folgte Giles.

»Gütiger Himmel!« rief Molly. »Es ist ja beinahe Essenszeit. Da muß ich mich aber sputen – oder wir haben nichts auf dem Tisch.«

Als auch sie hinausstürzte, murmelte Mrs. Boyle: »Unfähiges Ding! Was für ein Haus! Na, *ich* werde nicht sieben Pfund für eine solche Schlamperei bezahlen.«

Wachtmeister Trotter beugte sich prüfend über die Drähte. »Existiert ein Nebenanschluß?« erkundigte er sich bei Giles.

»Ja, oben in unserem Schlafzimmer. Soll ich dort einmal nachsehen?«
»Ja, bitte.«
Trotter öffnete das Fenster und lehnte sich hinaus, wobei er den Schnee von der Fensterbank fegte. Giles eilte, zwei Stufen auf einmal nehmend, die Treppe hinauf. –
Mr. Paravicini war im großen Salon. Er trat an den Flügel und öffnete ihn. Dann setzte er sich auf den Klavierschemel und klimperte mit einem Finger leise eine Melodie.

Drei blinde Mäuse ...

Christopher Wren war in seinem Schlafzimmer. Munter pfeifend, schritt er auf und ab. Plötzlich wurde das Pfeifen zaghaft und erstarb. Er setzte sich auf den Rand seines Bettes, vergrub das Gesicht in den Händen und begann zu schluchzen. Wie ein Kind murmelte er: »Ich kann nicht mehr.«
Dann wechselte seine Stimmung. Er stand auf und warf sich in die Brust. »Ich *muß* weitermachen«, sagte er sich. »Ich muß es *zu Ende* führen.« –
Giles stand in dem Schlafzimmer, das er mit Molly teilte, am Telefon. Dann bückte er sich und hob einen Handschuh von Molly auf. Ein Londoner Busfahrschein flatterte daraus zu Boden. Während Giles dem Billett nachblickte, änderte sich sein Gesichtsausdruck. Es hätte ebensogut ein anderer Mann sein können, der – wie im Traum – langsam zur Tür schritt, sie öffnete und eine Weile den Korridor hinab zum Kopf der Treppe blickte. –
Molly schälte die Kartoffeln zu Ende, schüttete sie in den Topf und setzte ihn aufs Feuer. Dann warf sie einen Blick in den Backofen. Alles war soweit in Ordnung, alles ging genau nach Plan.
Auf dem Küchentisch lag die zwei Tage alte Nummer des *Evening Standard,* die sie stirnrunzelnd betrachtete. Wenn sie sich doch nur entsinnen könnte ...
Plötzlich schlug sie die Hände vors Gesicht. »O nein«,

jammerte sie. »O nein!«
Langsam ließ sie die Hände sinken und blickte sich wie eine Fremde in der Küche um, die so warm, so behaglich, so geräumig und von einem schwachen, leckeren Geruch durchzogen war.
»O nein«, flüsterte sie noch einmal.
Wie eine Schlafwandlerin bewegte sie sich langsam auf die Tür zu, die in die Halle führte, und öffnete sie. Irgendwo pfiff jemand. Sonst herrschte tiefe Stille.
Oh, diese Melodie!
Molly trat schaudernd zurück. Sie wartete noch eine Weile, während sie sich in der vertrauten Küche umblickte. Ja, alles war in Ordnung und ging seinen gewohnten Gang. Wieder schritt sie auf die Küchentür zu. –
Major Metcalf stieg ruhig die Hintertreppe hinab. Er blieb eine Weile in der Halle stehen, ehe er den Verschlag unter der Treppe öffnete und prüfend hineinblickte. Alles schien ruhig zu sein. Ein günstiger Augenblick, um das zu tun, was er sich vorgenommen hatte. –
Mrs. Boyle, die in der Bibliothek saß, drehte ziemlich gereizt an den Knöpfen des Radios.
Mit ihrem ersten Versuch war sie mitten in einem Vortrag über den Ursprung und die Bedeutung der Kinderlieder gelandet. Das war wirklich das Allerletzte, das sie zu hören wünschte. Sie drehte ungeduldig weiter, und eine kultivierte Stimme informierte sie: »Die Psychologie der Furcht muß gründlich verstanden werden. Nehmen wir einmal an, Sie befinden sich allein im Zimmer, und hinter Ihnen öffnet sich leise eine Tür...«
Und eine Tür öffnete sich auch tatsächlich.
Mrs. Boyle fuhr heftig zusammen und wandte sich ruckartig um. »Ach, Sie sind es«, rief sie erleichtert. »Idiotische Programme senden sie hier. Ich kann überhaupt nichts finden, das ich mir gern anhören möchte!«
»Ich würde mir an Ihrer Stelle auch keine Mühe mehr geben, Mrs. Boyle.«
Mrs. Boyle schnaubte. »Was soll ich denn sonst hier anfan-

gen?« fragte sie unwirsch. »Mit einem potentiellen Mörder in ein Haus eingesperrt – nicht, daß ich dieser melodramatischen Geschichte den geringsten Glauben schenke...«
»Wirklich nicht, Mrs. Boyle?«
»Was soll dieser merkwürdige Tonfall...?«
Der Gürtel des Regenmantels wurde ihr so rasch um den Hals gelegt, daß sie sich nicht mehr darüber klarwerden konnte, was das zu bedeuten hatte. Gleichzeitig wurde das Radio lauter eingestellt. Der Vortragende, der über die Psychologie der Furcht redete, schrie seine gelehrten Bemerkungen in den Raum und übertönte etwaige Geräusche, die mit Mrs. Boyles Hinscheiden verknüpft sein mochten.
Aber ihr Tod verursachte nicht viel Lärm.
Der Mörder war zu gewandt.

Sie hockten alle miteinander in der Küche. Auf dem Gasherd brodelten lustig die Kartoffeln. Das aus dem Ofen dringende appetitliche Aroma der Fleischpastete war stärker denn je.
Vier erschütterte Personen starrten einander an. Die fünfte, Molly, nippte bleich und zitternd an einem Glas Whisky, das ihr die sechste, Wachtmeister Trotter, aufgezwungen hatte.
Wachtmeister Trotter musterte die Versammlung mit ernster, grimmiger Miene. Knapp fünf Minuten waren verstrichen, seitdem Mollys Angstschrei ihn und die anderen im Laufschritt zur Bibliothek gejagt hatte.
»Sie war eben erst erwürgt worden, als Sie die Bibliothek betraten, Mrs. Davis«, wandte er sich an Molly. »Sind Sie ganz sicher, daß Sie niemand gesehen oder gehört haben, als Sie durch die Halle kamen?«
»Ich hörte jemanden pfeifen«, erwiderte Molly mit schwacher Stimme. »Aber das war früher. Ich glaube... Ich bin nicht sicher, aber ich meine, ich hätte gehört, wie irgendwo leise eine Tür geschlossen wurde, gerade als ich – als ich in die Bibliothek ging.«
»Welche Tür?«
»Ich weiß es nicht.«

»Versuchen Sie einmal, scharf nachzudenken, Mrs. Davis. War es oben, unten, rechts oder links?«
»Ich habe Ihnen doch gesagt, ich weiß es nicht. Ich bin nicht einmal ganz sicher, ob ich überhaupt etwas gehört habe.«
»Wollen Sie nicht endlich aufhören, meiner Frau so zuzusetzen?« sagte Giles voller Zorn. »Sehen Sie denn nicht, daß sie völlig erschöpft ist?«
»Ich bin damit beschäftigt, einen Mord zu untersuchen, Mr. Davis. Bisher hat niemand von Ihnen das Ganze ernst genommen. Mrs. Boyle schon gar nicht. Sie hat mir wichtige Informationen vorenthalten. Alle anderen ebenfalls. Nun, Mrs. Boyle ist tot. Wenn wir der Sache jetzt nicht auf den Grund kommen, und zwar schleunigst, haben wir vielleicht noch einen Mord am Halse.«
»Noch einen? Unsinn. Warum denn?«
»Weil«, antwortete Trotter ernst, »von *drei* kleinen blinden Mäusen die Rede ist.«
Ungläubig meinte Giles: »Ein Mord für jede Maus? Aber da müßte ja noch jemand in enger Beziehung zu diesem Fall stehen.«
»Ja, das ist natürlich die Voraussetzung.«
»Aber warum sollte dieser Mord ausgerechnet hier stattfinden?«
»Weil das Notizbuch nur zwei Adressen enthielt. Im Haus Culver Street vierundsiebzig wohnte nur ein in Frage kommendes Opfer, und das ist erledigt. Monkswell Manor bietet einen größeren Spielraum.«
»Unsinn, Trotter. Es wäre ein höchst unwahrscheinliches Zusammentreffen, wenn der Zufall *zwei* Menschen hierhergeführt hätte, die alle beide in die Affäre von der Longridge-Farm verwickelt sind.«
»Unter gewissen Umständen gar kein so merkwürdiges Zusammentreffen. Denken Sie mal darüber nach, Mr. Davis.« Trotter wandte sich den anderen zu. »Sie haben mir zwar schon gesagt, wo Sie sich alle befanden, als Mrs. Boyle ermordet wurde. Aber ich möchte noch einmal darauf zurückkommen. Sie waren also in Ihrem Zimmer, Mr. Wren, als

Sie Mrs. Davis schreien hörten?«
»Ja, Wachtmeister.«
»Und Sie, Mr. Davis, waren oben in Ihrem Schlafzimmer, um die Telefonleitung zu prüfen?«
»Ja«, bestätigte Giles.
»Mr. Paravicini hielt sich im Salon auf und spielte auf dem Flügel. Übrigens hat niemand Ihr Spiel gehört, Mr. Paravicini.«
»Ich spielte sehr, sehr leise, Wachtmeister, nur mit einem Finger.«
»Welche Melodie?«
»*Drei blinde Mäuse*, Wachtmeister.« Mr. Paravicini lächelte. »Dieselbe Melodie, die Mr. Wren oben pfiff. Die Melodie, die uns alle im Kopf herumschwirrt.«
»Eine gräßliche Melodie«, sagte Molly.
»Wie verhielt es sich mit der Telefonleitung?« fragte Metcalf. »War sie vorsätzlich zerstört worden?«
»Ja, Herr Major. Unmittelbar vor dem Eßzimmerfenster war ein Stück herausgeschnitten. Ich hatte gerade die Stelle gefunden, als Mrs. Davis schrie.«
»Aber das ist doch völlig verrückt. Wie kann der Mörder hoffen, unentdeckt zu entkommen?« fragte Christopher schrill.
Der Wachtmeister nahm ihn sorgfältig aufs Korn.
»Vielleicht ist ihm nicht viel daran gelegen«, entgegnete er. »Vielleicht ist er aber auch davon überzeugt, daß er zu schlau für uns ist. Mörder werden oft so.« Er fügte hinzu: »Unsere Ausbildung schließt nämlich auch einen Kursus in Psychologie ein. Die Mentalität eines Schizophrenen ist sehr interessant.«
»Sollen wir nicht lieber diese langen Fremdwörter vermeiden?« schlug Giles vor.
»Gewiß, Mr. Davis. Im Augenblick interessieren uns nur zwei kurze Wörter. *Mord* ist das eine, und das andere *Gefahr*. Darauf müssen wir uns konzentrieren. Nun, Major Metcalf, ich möchte mir Ihre Bewegungen noch einmal deutlich vor Augen führen. Wie Sie sagten, waren Sie also im Keller.

Warum eigentlich?«
»Nur eine kleine Besichtigungstour«, erwiderte der Major. »Ich warf einen Blick in den Verschlag unter der Treppe und entdeckte dort eine Tür. Als ich sie öffnete, sah ich weitere Stufen und bin nach unten gestiegen. Schöne Kellerräume haben Sie da«, wandte er sich an Giles. »Wahrscheinlich die Krypta eines alten Klosters.«
»Wir befassen uns hier nicht mit Altertumsforschung, Major Metcalf, sondern mit der Untersuchung eines Mordes. Wollen Sie einen Augenblick horchen, Mrs. Davis? Ich lasse die Küchentür offen.« Der Wachtmeister ging hinaus, und bald darauf hörte man, wie eine Tür mit leisem Knacken geschlossen wurde. »War dies das Geräusch, das Sie hörten, Mrs. Davis?« fragte er, als er wieder im Türrahmen erschien.
»Ich ... ja, es klang so ähnlich.«
»Das war die Tür unter der Hintertreppe. Es wäre nicht ausgeschlossen, daß der Mörder, als er sich nach der Tat durch die Halle zurückzog, Sie aus der Küche kommen hörte und rasch in diesen Verschlag schlüpfte.«
»Dann wird die Tür seine Fingerabdrücke aufweisen«, rief Christopher.
»Meine sind schon da«, warf Major Metcalf dazwischen.
»Ganz recht«, sagte Wachtmeister Trotter. »Aber dafür haben wir ja eine befriedigende Erklärung, nicht wahr?« fügte er aalglatt hinzu.
»Hören Sie mal, Wachtmeister«, ließ sich Giles vernehmen. »Ich gebe zu, daß Sie in dieser Angelegenheit das Kommando haben. Aber immerhin ist es mein Haus, und bis zu einem gewissen Grade fühle ich mich für die darin lebenden Menschen verantwortlich. Sollten wir nicht einige Vorsichtsmaßregeln treffen.
»Zum Beispiel, Mr. Davis?«
»Nun, ich würde vorschlagen, die Person in Haft zu nehmen, auf die alle Verdachtsmomente ziemlich deutlich hinzuweisen scheinen.«
Bei diesen Worten blickte er Christopher Wren fest ins Auge.

Christopher Wren sprang einen Schritt vor, und seine Stimme klang schrill und hysterisch: »Es ist nicht wahr! Sie irren sich! Sie sind alle gegen mich. Jeder ist gegen mich. Sie wollen mir diesen Mord in die Schuhe schieben. Es ist eine regelrechte Verfolgung – ja, eine Verfolgung!«
»Ruhig Blut, mein Junge«, sagte Major Metcalf.
»Schon gut, Chris.« Molly trat zu ihm hin und legte ihm die Hand auf den Arm. »Niemand hat etwas gegen Sie.« Sie wandte sich an Trotter: »Sagen Sie ihm doch, daß er nichts zu befürchten hat.«
»Wir schieben niemandem etwas in die Schuhe«, erklärte Wachtmeister Trotter.
»Sagen Sie ihm, daß Sie ihn nicht verhaften werden.«
»Ich verhafte vorläufig noch niemanden. Dazu brauche ich genügende Beweise – und die sind im Augenblick noch nicht vorhanden.«
Giles rief laut: »Ich glaube, du bist verrückt, Molly. Und Sie ebenfalls, Wachtmeister. Es gibt hier nur einen einzigen Menschen, der für diese Rolle paßt, und...«
»Einen Augenblick, Giles«, fiel ihm Molly ins Wort. »Sei bitte mal ruhig. Wachtmeister Trotter, kann ich... kann ich Sie einen Moment allein sprechen?«
»Ich bleibe hier«, erklärte Giles.
»Nein, Giles, auch du darfst nicht dabeisein.«
Giles' Gesicht verfinsterte sich, als er sagte: »Ich verstehe nicht, was über dich gekommen ist, Molly.«
Er folgte den anderen aus dem Zimmer und ließ die Tür hinter sich zuknallen.
»Nun, Mrs. Davis, wo drückt Sie denn der Schuh?«
»Herr Wachtmeister, als Sie uns die Geschichte von der Longridge-Farm erzählten, schienen Sie der Ansicht zu sein, daß der älteste Junge hinter dieser ganzen Sache stecke. Aber Sie wissen es nicht mit aller Bestimmtheit, nicht wahr?«
»Da haben Sie durchaus recht, Madam. Aber die Wahrscheinlichkeit spricht dafür: seelische Labilität, Fahnenflucht, das Gutachten des Psychiaters.«
»O ja, ich weiß, und deshalb scheint alles auf Christopher

hinzudeuten. Aber ich glaube nicht, daß Christopher der Täter ist. Es muß noch andere Verdächtige geben. Hatten diese drei Kinder keine Verwandten – Eltern, zum Beispiel?«
»Doch. Aber die Mutter war tot, und der Vater befand sich als Soldat auf einem der Kriegsschauplätze.«
»Nun, und wo lebt er jetzt?«
»Darüber sind wir nicht informiert. Wir wissen nur, daß er im vergangenen Jahr aus der Armee entlassen wurde.«
»Wenn der Sohn seelisch labil war, mag der Vater es auch gewesen sein.«
»Allerdings.«
»Der Mörder könnte also durchaus auch ein älterer Mann sein. Sie müssen nämlich wissen, daß Major Metcalf sich entsetzlich aufgeregt hat, als ich erwähnte, daß die Polizei angerufen habe. Das war keine Einbildung.«
»Bitte, glauben Sie mir, Mrs. Davis«, lautete die ruhige Antwort, »ich habe von Anfang an alle Möglichkeiten ins Auge gefaßt. Den Jungen, Jim, den Vater, sogar die Schwester. Den Mord hätte nämlich auch eine Frau begehen können. Nein, ich habe nichts übersehen. Aber wenn ich auch persönlich davon überzeugt bin, so weiß ich es noch nicht mit positiver Sicherheit. Es ist wirklich schwer, sich ein zutreffendes Urteil über Menschen und Dinge zu bilden – besonders heutzutage. Sie würden staunen, wenn Sie wüßten, was wir Polizisten zu sehen bekommen. Besonders in den Ehen. Alle diese übereilten Kriegsheiraten – ohne jede solide Grundlage. Man kennt die Verhältnisse, die Familie des Partners nicht. Man verläßt sich einfach auf das Wort des anderen. Ein Bursche braucht nur vorzugeben, daß er Kampfflieger oder Marineleutnant sei – das Mädchen wird ihm blindlings glauben. Ein, zwei Jahre können vergehen, ehe sie entdeckt, daß sie einen durchgebrannten Bankbeamten, der irgendwo schon Frau und Kinder sitzen hat, oder sonst einen Schurken geheiratet hat.«
Er ließ eine kleine Pause eintreten und fuhr dann fort.
»Ich weiß ganz gut, womit sich Ihre Gedanken beschäftigen,

Mrs. Davis. Eins möchte ich Ihnen nur noch verraten: *Der Mörder amüsiert sich königlich.* Das ist das einzige, was ich mit absoluter Sicherheit weiß.«
Mit diesen Worten schritt er zur Tür.
Molly stand wie eine Salzsäule, während ihr eine flammende Röte in die Wangen stieg. Nach einer Weile, als sich ihre Starrheit löste, ging sie langsam zum Herd, wo sie niederkniete und die Klappe öffnete. Appetitliche Düfte strömten ihr entgegen. Ihr Herz wurde leichter. Ihr war, als sei sie plötzlich wieder in die warme, vertraute Welt des Alltags zurückversetzt. Kochen, Hausarbeit, Häuslichkeit, gewöhnliches, prosaisches Leben.
So hatten Frauen seit undenklichen Zeiten für ihre Männer gekocht. Die Welt der Gefahren – des Wahnsinns – wurde ausgesperrt. In ihrer Küche war eine Frau sicher – bis in alle Ewigkeit.
Die Küchentür öffnete sich, und Molly wandte den Kopf, als Christopher Wren ein wenig atemlos auftauchte.
»Meine Teuerste«, rief es. »Ein toller Klamauk! Irgend jemand hat dem Wachtmeister die Schier gestohlen!«
»Dem Wachtmeister die Schier gestohlen? Aus welchem Grund sollte das jemand tun?«
»Das ist ja das Unerklärliche. Ich meine, wenn der Wachtmeister sich entschließen würde, uns zu verlassen, so könnte das – wenigstens für mein Empfinden – dem Mörder doch nur höchst angenehm sein. Ich meine, es ist ziemlich sinnlos, nicht wahr?«
»Giles hat sie doch in den Verschlag unter der Treppe gestellt.«
»Dort stehen sie aber nicht mehr. Mysteriös, nicht wahr?« Er grinste über das ganze Gesicht. »Der Wachtmeister ist fuchsteufelswild. Bissig wie eine Schildkröte. Er hat dem armen Major Metcalf ordentlich die Hölle heiß gemacht. Aber der alte Knabe behauptet steif und fest, nicht darauf geachtet zu haben, als er, kurz vor dem Mord an Mrs. Boyle, in den Verschlag gelugt hat. Trotter dagegen beharrt darauf, daß er die Schier bemerkt haben müsse. Im Vertrauen gesagt« –

Christopher senkte die Stimme und beugte sich zu Molly hinüber –, »diese ganze Geschichte geht Trotter allmählich auf die Nerven.«
»Sie geht uns allen auf die Nerven«, sagte Molly.
»Mir nicht, ich finde dies alles überaus anregend. Es besitzt den Reiz des Unwirklichen.«
Molly fuhr ihn scharf an: »Das würden Sie bestimmt nicht sagen, wenn *Sie* sie gefunden hätten – Mrs. Boyle, meine ich. Das Bild schwebt mir dauernd vor Augen – ich kann es einfach nicht vergessen. Ihr Gesicht – ganz geschwollen und bläulichrot...«
Sie erschauerte. Christopher trat näher an sie heran und legte ihr die Hand auf die Schulter.
»Ich weiß, Molly. Ich bin ein Idiot. Bitte verzeihen Sie mir. Ich habe gedankenlos drauflosgeschwatzt.«
Ein trockener Schluchzer entrang sich Mollys Kehle. »Eben noch schien alles in Ordnung – das Kochen – die Küche...« Ihre Worte klangen verwirrt, zusammenhanglos. »Und dann auf einmal – war alles wieder da – wie ein Alptraum...«
Ein eigenartiger Ausdruck trat in Christophers Gesicht, als er so vor ihr stand und auf ihren gesenkten Scheitel hinabblickte.
»Ach so«, sagte er. »Ich verstehe.« Er wich langsam zurück. »Nun, es ist wohl besser, wenn ich mich aus dem Staube mache und Sie nicht länger – störe.«
»Gehen Sie nicht fort«, rief Molly, als seine Hand schon auf dem Türgriff lag.
Er fuhr herum und warf ihr einen forschenden Blick zu. Dann kam er langsam zurück.
»Meinen Sie das im Ernst?«
»Wovon sprechen Sie?«
»Sie wünschen wirklich nicht, daß ich – fortgehe?«
»Aber nein, gewiß nicht. Ich möchte nicht allein sein. Ich habe Angst vor dem Alleinsein.«
Christopher ließ sich am Tisch nieder. Molly schob die Pastete auf einen höheren Rost und schloß die Herdklappe. Dann gesellte sie sich zu ihm.

»Das ist sehr interessant«, sagte Christopher mit gepreßter Stimme.
»Was ist interessant?«
»Daß Sie sich nicht davor fürchten, mit *mir* – allein zu sein. Sie fürchten sich doch nicht, oder?«
Sie schüttelte den Kopf. »Nein, ich fürchte mich nicht.«
»Warum nicht, Molly?«
»Ich weiß nicht. Es ist nun mal so.«
»Und doch bin ich der einzige, der für die Rolle des Täters paßt. Ein Mörder nach Maß.«
»Nein«, erklärte Molly. »Es gibt noch andere Möglichkeiten. Ich habe mit Wachtmeister Trotter darüber gesprochen.«
»War er der gleichen Ansicht?«
»Er hat es nicht abgestritten«, erwiderte Molly langsam.
Gewisse Worte gingen ihr nicht aus dem Kopf. Besonders der Satz: *Ich weiß genau, womit sich Ihre Gedanken beschäftigen, Mrs. Davis.* Aber wußte er es wirklich? War das möglich? Auch war er davon überzeugt, daß der Mörder sich königlich amüsiere. Stimmte das?
Sie wandte sich wieder an Christopher: »*Sie* amüsieren sich doch nicht gerade königlich, nicht wahr? Trotz allem, was Sie so dahergeredet haben.«
»Mein Gott, nein«, erwiderte Christopher mit entsetztem Blick. »Was für eine merkwürdige Ausdrucksweise!«
»Oh, sie stammt nicht von mir, sondern von Wachtmeister Trotter. Der Mann ist mir verhaßt. Er... er setzt einem Grillen in den Kopf – Ideen, die nicht wahr sind, die überhaupt nicht wahr sein können.«
Sie verbarg ihr Gesicht in den Händen; Christopher zog ihre Hände mit einer behutsamen Gebärde fort.
»Nun erklären Sie, Molly, wovon reden Sie da eigentlich?«
Ohne Widerstreben ließ sie sich auf dem Stuhl nieder, den er ihr mit sanftem Zwang hinschob. Er hatte sein kindisches, hysterisches Wesen völlig abgestreift.
»Was ist los, Molly?« fragte er noch einmal.
Molly warf ihm einen Blick zu – einen langen, abschätzenden Blick. Sie überhörte seine Frage und sagte statt dessen: »Wie

lange kennen wir uns eigentlich, Christopher? Zwei Tage?«
»Ungefähr. Sie denken gewiß, daß wir uns trotz dieser kurzen Spanne anscheinend ziemlich gut kennen.«
»Ja. Seltsam, nicht wahr?«
»Vielleicht auch nicht. Wir fühlen eben eine gewisse Sympathie füreinander, und das mag daran liegen, daß wir beide – etwas Schweres durchgemacht haben.«
Molly ließ diese kühne Behauptung auf sich beruhen und stellte ihrerseits eine andere auf: »Sie heißen in Wirklichkeit gar nicht Christopher Wren.«
»Nein.«
»Warum haben Sie ...«
»... diesen Namen gewählt? Oh, es war ein launiger Einfall. In der Schule nannten mich die andern so, um mich zu hänseln.«
»Wie lautet Ihr wirklicher Name?«
Christopher erwiderte gelassen: »Darauf möchte ich nicht näher eingehen. Der Name würde Ihnen auch nichts sagen. Ich bin gar kein Architekt: Ich bin ein Deserteur.«
Sekundenlang spiegelte sich ängstliche Bestürzung in Mollys Augen.
Christopher bemerkte es. »Ja«, meinte er, »genau wie unser unbekannter Mörder. Ich sagte Ihnen ja schon, daß ich der einzige bin, auf den der Steckbrief paßt.«
»Unsinn«, erklärte Molly. »Ich habe Ihnen doch schon versichert, daß ich Sie nicht für den Mörder halte. Bitte, erzählen Sie mir mehr von sich. Was hat Sie zur Fahnenflucht getrieben – die Nerven?«
»Ob ich Angst hatte, meinen Sie? Nein, so seltsam es klingen mag. Angst spürte ich nie. Jedenfalls nicht mehr als alle anderen auch. Ich stand sogar im Ruf, unter Feuer ziemlich kühl zu bleiben. Nein, der Grund lag ganz woanders. Es hatte etwas mit meiner Mutter zu tun.«
»Mit Ihrer Mutter?«
»Ja. Sie ist nämlich ums Leben gekommen, bei einem Luftangriff. Sie wurde unter Trümmern verschüttet. Man ... man mußte sie ausgraben. Ich weiß nicht, was mit ihr geschah, als

ich davon erfuhr... Wahrscheinlich verlor ich ein wenig den Verstand. Ich bildete mir nämlich ein, es sei *mir* passiert. Ich hatte die fixe Idee, ich müßte so schnell wie möglich nach Hause, um... um mich auszugraben. Ich kann es nicht näher erklären – es war alles so konfus.« Er vergrub seinen Kopf in den Händen und sprach mit gedämpfter Stimme. »Lange wanderte ich umher, um sie zu suchen – oder mich selbst – ich weiß es nicht genau. Und als dann mein Verstand wieder klar war, wagte ich nicht mehr, mich zurückzumelden. Ich wußte genau, daß ich es niemandem begreiflich machen konnte. Seitdem habe ich mich planlos treiben lassen.«
Er starrte sie an. Verzweiflung ließ sein junges Gesicht verhärmt erscheinen.
»Sie dürfen sich nicht unterkriegen lassen«, sagte Molly sanft. »Sie können ein neues Leben beginnen.«
»Ist das überhaupt möglich?«
»Natürlich. Sie sind ja noch so jung.«
»Ja, aber sehen Sie... Ich bin mit meinem Latein zu Ende.«
»Nein, das stimmt nicht. Das bilden Sie sich nur ein. Ich glaube, jeder Mensch hat mindestens einmal im Leben dieses Gefühl – daß alles zu Ende ist, daß es einfach nicht mehr weitergeht.«
»Sie kennen es, nicht wahr, Molly? Sie müssen es selbst erfahren haben, um so sprechen zu können.«
»Ja.«
»Und was war bei Ihnen die Ursache?«
»Mein Los habe ich mit vielen anderen geteilt. Ich war mit einem jungen Kampfflieger verlobt – der dann ums Leben kam.«
»Steckte nicht noch mehr dahinter?«
»Wahrscheinlich. Ich erlitt einen schweren Schock, als ich jünger war. Es war ein sehr bedrückendes Erlebnis, das mir ein Vorurteil gegen das Leben einflößte, so daß ich glauben mußte, es sei immer – gräßlich. Jacks Tod bestätigte dann meine Überzeugung, daß das ganze Leben grausam und trügerisch sei.«
»Ich verstehe. Und dann«, sagte Christopher, während er sie

scharf beobachtete, »trat vermutlich Giles auf den Plan.«
»Ja.« Er sah das zärtliche, fast scheue Lächeln, das um ihre Lippen spielte. »Giles erschien – und alles war wieder gut; ich fühlte mich geborgen und glücklich – Giles!«
Das Lächeln schwand, und ihr Gesicht nahm plötzlich einen bekümmerten Ausdruck an. Sie zitterte vor Kälte.
»Was ist Ihnen, Molly? Was ängstigt Sie? Sie fürchten sich doch auf einmal, nicht wahr?«
Sie nickte.
»Hängt es etwa mit Giles zusammen? Hat er irgend etwas gesagt oder getan?«
»Nicht mit Giles, sondern mit diesem schrecklichen Menschen!«
»Mit welchem schrecklichen Menschen?« Christopher war erstaunt. »Paravicini?«
»Nein, nein. Wachtmeister Trotter.«
»Wachtmeister Trotter?«
»Mit seinem Gemunkel und seinen versteckten Andeutungen setzt er einem schreckliche Gedanken in den Kopf – Gedanken über Giles –, Gedanken, von deren Existenz ich keine Ahnung hatte. Ich hasse diesen Mann – ich hasse ihn!«
In langsamem Erstaunen zog Christopher die Augenbrauen hoch. »Giles? *Giles!* Ja, natürlich, wir beide sind so ziemlich im gleichen Alter. Er kommt mir allerdings älter vor als ich – aber das mag auf Täuschung beruhen. Ja, Giles könnte ebensogut für die Rolle passen. Aber hören Sie, Molly, das ist doch alles Unsinn. Giles war doch bei Ihnen – hier – an dem Tage, als diese Frau in London ermordet wurde?«
Molly schwieg.
Christopher blickte sie scharf an. »Oder etwa nicht?«
Molly sprach wie gehetzt, die Worte in wirrem Durcheinander hervorsprudelnd. »Er war den ganzen Tag außer Haus – im Wagen –, er fuhr zu einem entlegenen Ort, um Drahtnetz zu kaufen – das hat er mir wenigstens gesagt –, und das habe ich auch angenommen, bis – bis ...«
»Bis?«

Langsam streckte Molly ihre Hand aus und zeigte auf das Datum des *Evening Standard,* der ausgebreitet auf dem Küchentisch lag.
Christopher warf einen Blick darauf und sagte: »Londoner Ausgabe – zwei Tage alt.«
»Die Zeitung steckte in Giles' Tasche, als er zurückkehrte. Er... er muß also in London gewesen sein.«
Christopher starrte. Er starrte abwechselnd auf die Zeitung und auf Molly. Er spitzte die Lippen und begann zu pfeifen, hörte aber sofort wieder auf. Es war nicht angebracht, ausgerechnet jetzt *diese* Melodie zu pfeifen.
Er wählte seine Worte sehr sorgfältig und vermied es, ihr in die Augen zu sehen. »Was wissen Sie eigentlich, genaugenommen, über Giles?«
»Nicht doch«, rief Molly. »Nun fangen Sie nicht auch noch damit an. Das ist es ja gerade, was Trotter, dieser Schuft, sagte, oder vielmehr andeutete. Nämlich, daß Frauen oft nichts von den Männern wüßten, die sie heirateten – besonders in Kriegszeiten. Daß sie sich nur auf die Worte des Mannes verließen.«
»Das hat wohl seine Richtigkeit.«
»Nun hauen Sie in dieselbe Kerbe. Ich ertrage das nicht. Und nur, weil wir alle uns in einem so hysterischen Zustand befinden, daß wir jeder noch so phantastischen Andeutung Glauben schenken. Es ist aber nicht wahr! Ich...«
Sie brach plötzlich ab. Die Küchentür hatte sich geöffnet.
Giles erschien im Türrahmen. »Unterbreche ich eine interessante Unterhaltung?« fragte er.
Christopher glitt vom Tisch mit den Worten: »Ich nehme gerade etwas Kochunterricht.«
»Was Sie nicht sagen! Sperren Sie die Ohren auf, Wren, ein Tête-à-tête ist momentan nicht angebracht. Bleiben Sie gefälligst aus der Küche heraus, verstanden?«
»Na, hören Sie mal...«
»Lassen Sie meine Frau in Ruhe, Wren. Sie soll nicht das nächste Opfer werden.«
»Eben das«, meinte Christopher, »ist meine größte Sorge.«

Wenn Giles eine tiefere Bedeutung in diesen Worten entdeckte, so ließ er es sich nicht anmerken. Nur die Röte in seinem Gesicht vertiefte sich um eine Schattierung. »Diese Sorge überlassen Sie getrost mir«, warnte er. »Ich kann selbst auf meine Frau achtgeben. Nun machen Sie, daß Sie hinauskommen.«
»Bitte, gehen Sie«, ertönte Mollys Stimme. »Ja – wirklich.«
Christopher bewegte sich langsam auf die Tür zu. »Ich werde nicht weit gehen«, sagte er zu Molly gewandt, und die Worte enthielten eine ganz bestimmte Bedeutung.
»Wollen Sie endlich verschwinden?«
Ein hohes, kindisches Kichern war die Antwort. »Zu Befehl, Herr Leutnant«, sagte Christopher.
Sobald sich die Tür hinter ihm schloß, wandte sich Giles an Molly.
»Um Himmels willen, Molly, hast du denn gar keinen Verstand? Allein unter vier Augen mit einem gefährlichen, mordsüchtigen Irren!«
»Er ist nicht der...« – sie bog den Satz rasch ab –, »er ist bestimmt nicht gefährlich. Außerdem bin ich auf der Hut. Ich kann selber auf mich aufpassen.«
Giles stieß ein unangenehmes Lachen aus. »Das hat Mrs. Boyle auch behauptet.«
»O Giles, bitte nicht!«
»Verzeihung, Liebling. Aber ich bin ganz außer mir. Dieser elende Kerl! Was du an ihm findest, kann ich nicht verstehen.«
»Ich habe Mitleid mit ihm«, sagte Molly langsam.
»Mitleid mit einem mordsüchtigen Irren?«
Molly bedachte ihn mit einem merkwürdigen Blick. »Ich könnte mit einem mordsüchtigen Irren Mitleid haben.«
»Du nennst ihn auch noch Christopher. Seit wann redet ihr euch mit Vornamen an?«
»O Giles, sei nicht albern. Heutzutage nennt sich jedermann beim Vornamen. Das weißt du ganz gut.«
»Schon nach so kurzer Zeit? Aber vielleicht steckt mehr dahinter. Vielleicht kanntest du Mr. Christopher Wren,

diesen angeblichen Architekten, bereits, ehe er hierherkam? Vielleicht hast du ihm sogar den Vorschlag gemacht, hierherzukommen? Vielleicht war es überhaupt ein abgekartetes Spiel?«

Molly starrte ihn fassungslos an. »Giles, bist du denn ganz von Sinnen? Um Himmels willen, was willst du damit sagen?«

»Ich will damit sagen, daß Christopher Wren ein alter Freund von dir ist und daß du in engeren Beziehungen zu ihm stehst, als du mir eingestehen willst.«

»Giles, ich glaube, du bist verrückt geworden!«

»Vermutlich wirst du darauf beharren, daß du ihn nie gesehen hast, bevor er hier aufkreuzte. Eigentlich ziemlich werkwürdig, sich eine so abgelegene Pension auszusuchen, nicht wahr?«

»Merkwürdiger als im Fall von Major Metcalf und – und Mrs. Boyle?«

»Ja, ich glaube schon. Übrigens habe ich gelesen, daß diese mordsüchtigen Irren einen besonderen Reiz auf Frauen ausüben sollen. Das scheint in der Tat wahr zu sein. Wo hast du ihn kennengelernt? Und wie lange dauert das schon?«

»Du machst dich geradezu lächerlich, Giles. Ich habe Christopher Wren niemals zuvor gesehen.«

»Du bist also nicht vor zwei Tagen nach London gefahren, um ihn zu treffen und mit ihm zu vereinbaren, daß ihr euch hier als Fremde begegnen wollt?«

»Du weißt sehr gut, Giles, daß ich seit Wochen nicht mehr in London war.«

»Wirklich nicht? Das ist ja interessant.« Er fischte einen pelzgefütterten Handschuh aus der Tasche und hielt ihn in die Höhe. »Dies ist einer der Handschuhe, die du vorgestern getragen hast, nicht wahr? An dem Tag, als ich drüben in Sailham war, um das Drahtnetz zu kaufen.«

»An dem Tage, als *du* drüben in Sailham warst, um das Drahtnetz zu kaufen«, wiederholte Molly und blickte ihm fest in die Augen. »Ja, ich habe diese Handschuhe getragen, als ich ausging.«

»Du wolltest angeblich ins Dorf. Wenn du nur ins Dorf gegangen bist, willst du mir bitte erklären, wie dies in deinen Handschuh geraten ist?«
Anklagend hielt er einen rosa Omnibusfahrschein in die Höhe.
Es folgte abgrundtiefes Schweigen.
»Du warst in London«, behauptete Giles.
»Na schön«, gab Molly zu und schob trotzig das Kinn vor. »Ich war in London.«
»Um diesen Burschen, diesen Christopher Wren, zu treffen.«
»Nein, nicht um mich mit Christopher zu treffen.«
»Aus welchem anderen Grunde, wenn ich fragen darf?«
»Das möchte ich dir gerade in diesem Augenblick nicht verraten.«
»Mit anderen Worten: Du willst dir nur Zeit lassen, um eine plausible Geschichte zu erfinden!«
»Ich glaube fast«, erklärte Molly, »ich hasse dich.«
»Ich hasse dich nicht«, sagte Giles gemessenen Tones. »Aber ich wünschte beinahe, es wäre so. Ich habe einfach das Gefühl, dich nicht mehr zu kennen, überhaupt nichts von dir zu wissen.«
»Mir geht es ebenso«, gestand Molly. »Du – du bist ein Fremder für mich. Ein Mann, der mich belügt...«
»Wann habe ich dich je belogen?«
Molly lachte. »Denkst du etwa, ich hätte dir die Ausrede mit dem Drahtnetz geglaubt? *Du* warst an dem Tag auch in London.«
»Du hast mich dort wohl gesehen«, meinte Giles. »Und hast mir nicht genug Vertrauen geschenkt...«
»Dir Vertrauen schenken? Daß ich nicht lache! Ich werde nie wieder einem Menschen Vertrauen schenken – nie wieder!«
Keiner von beiden merkte, daß sich die Küchentür leise geöffnet hatte. Mr. Paravicini räusperte sich taktvoll.
»Zu peinlich«, murmelte er. »Ich hoffe aufrichtig, daß ihr jungen Leute euch nichts an den Kopf werft, das euch später

gereut. Das geschieht so leicht, wenn zwei Liebende sich streiten.«

»Wenn zwei Liebende sich streiten«, wiederholte Giles spöttisch. »Liebende ist gut.«

»Ja, ja«, sagte Mr. Paravicini. »Ich weiß genau, wie Ihnen zumute ist. Das alles habe ich als junger Mann selbst durchgemacht. Aber weshalb ich hier eingedrungen bin: Dieser Polizeimensch besteht hartnäckig darauf, daß wir uns alle im Salon versammeln. Er scheint eine Idee zu haben.« Mr. Paravicini kicherte. »Daß die Polizei einen Anhaltspunkt hat – nun ja, das soll vorkommen. Aber eine *Idee*? Ich möchte es bezweifeln. Sicherlich ein eifriger, fleißiger Beamter, unser Wachtmeister Trotter, aber meines Erachtens nicht übermäßig mit Geistesgaben ausgestattet.«

»Geh nur hin, Giles«, sagte Molly. »Ich muß kochen und hier in der Küche nach dem Rechten sehen. Wachtmeister Trotter kann auch ohne mich auskommen.«

»Apropos Kochen«, bemerkte Mr. Paravicini und tänzelte auf Molly zu, »haben Sie je folgendes Gericht versucht: Hühnerleber auf dick mit *foie gras* belegtem Toast, dazu eine hauchdünne, mit französischem Senf bestrichene Speckscheibe?«

»Unsereiner sieht heutzutage nicht viel Gänseleberpastete«, meinte Giles. »Kommen Sie, Mr. Paravicini.«

»Soll ich hierbleiben und Ihnen helfen, meine Verehrteste?«

»Sie kommen hübsch brav mit in den Salon, Paravicini«, erklärte Giles.

Mr. Paravicini lachte belustigt auf.

»Ihr Gatte hat Angst um Sie. Ganz natürlich. Der Gedanke, Sie mit *mir* allein zu lassen, findet nicht seinen Beifall. Und zwar fürchtet er meine sadistischen Neigungen – nicht etwa meine Verführungskunst. Ich beuge mich der Gewalt.« Er verneigte sich graziös und warf Molly eine Kußhand zu.

Molly fühlte sich recht unbehaglich. »Oh, Mr. Paravicini, ich bin überzeugt ...«

Mr. Paravicini schüttelte den Kopf und wandte sich an Giles:

»Sie handeln klug, junger Mann. Nehmen Sie ja kein Risiko auf sich. Kann ich Ihnen oder dem Wachtmeister beweisen, daß ich kein pathologischer Mörder bin? Nein, das kann ich nicht. Negatives läßt sich schwer nachweisen.«
Er summte heiter vor sich hin.
Molly zuckte zusammen. »Bitte, Mr. Paravicini – nicht *diese* schreckliche Melodie.«
»*Drei blinde Mäuse* – ach ja! Diese Melodie schwirrt mir immer im Kopf herum. Wenn man richtig darüber nachdenkt, ist es ein gruseliges Lied. Durchaus kein nettes Kinderlied. Aber Kinder haben eine Vorliebe für Schauriges. Das haben Sie sicher schon bemerkt. Das Lied ist typisch englisch – das rohe ländliche England. *Die nahm ein großes Messer zur Hand und schnitt sogleich – schnipp, schnapp! schnipp, schnapp! – den armen Mäusen die Schwänze ab.* Ein Kind hätte natürlich Spaß daran. Ich könnte Ihnen überhaupt Geschichten von Kindern erzählen ...«
»Bitte, hören Sie auf«, bat Molly mit schwacher Stimme. »Ich glaube, Sie sind auch grausam.« Ihr Tonfall nahm eine hysterische Färbung an. »Sie spotten und grinsen! Sie sind wie eine Katze, die mit der Maus spielt – die mit einer ...«
Sie begann zu lachen.
»Ruhig Blut, Molly«, mahnte Giles. »Komm, wir gehen alle miteinander in den Salon. Trotter wird sicher schon ungeduldig. Laß das Kochen nur sein. Mord ist wichtiger als dein Essen.«
»Ich weiß nicht, ob ich Ihnen da recht geben kann«, sagte Mr. Paravicini, als er den beiden mit zierlichen Schritten folgte. »Der Verurteilte nahm ein kräftiges Frühstück zu sich – heißt es doch immer.«
In der Halle gesellte sich Christopher Wren zu ihnen und wurde von Giles mit einem finsteren Blick bedacht. Er sah rasch und besorgt zu Molly hinüber, aber Molly rauschte hocherhobenen Hauptes, ohne nach rechts oder links zu schauen, an ihm vorbei. Fast wie eine Prozession marschierten sie in den Salon, wobei Mr. Paravicini mit seinem tänzelnden Gang den Abschluß bildete.

Wachtmeister Trotter und Major Metcalf standen bereits wartend da – der Major recht verdrießlich und Wachtmeister Trotter krebsrot und energiegeladen.
»Gut«, rief Trotter, als sie eintraten. »Jetzt sind wir alle versammelt. Ich möchte nämlich gern ein gewisses Experiment anstellen, und dazu benötige ich Ihre Mithilfe.«
»Wird es viel Zeit in Anspruch nehmen?« erkundigte sich Molly. »Ich habe allerlei in der Küche zu tun. Schließlich müssen wir ja irgendwann mal eine Mahlzeit zu uns nehmen.«
»Ich habe Verständnis für Ihre Unruhe, Mrs. Davis«, pflichtete ihr Trotter bei, »aber, wenn ich mir die Bemerkung erlauben darf, es gibt wichtigere Dinge als Mahlzeiten. Mrs. Boyle, zum Beispiel, braucht keine Mahlzeit mehr.«
»Aber, Wachtmeister«, empörte sich Major Metcalf, »das ist eine außerordentliche Taktlosigkeit!«
»Verzeihung, Major, aber ich möchte, daß jeder sich an diesem Experiment beteiligt.«
»Haben Sie Ihre Schier wiedergefunden, Herr Wachtmeister?« fragte Molly.
Der junge Mann errötete noch tiefer. »Nein, leider nicht, Madam. Aber ich darf gestehen, daß ich ziemlich sicher bin, wer sie genommen hat. Und auch, aus welchem Grunde. Im Augenblick will ich mich nicht weiter dazu äußern.«
»Ja nicht!« rief Mr. Paravicini. »Erklärungen sollte man immer bis zum Ende aufsparen – bis zum spannenden letzten Kapitel, wissen Sie.«
»Dies ist kein Spiel, Sir.«
»Nein? Nun, da befinden Sie sich wohl im Irrtum. Ich glaube, es ist ein Spiel – für eine gewisse Person.«
»Der Mörder amüsiert sich königlich«, murmelte Molly vor sich hin.
Die anderen blickten sie erstaunt an. Sie biß sich auf die Lippen. »Ich zitiere nur, was Wachtmeister Trotter zu mir sagte.«
Wachtmeister Trotter schien wenig davon erbaut zu sein. »Mr. Paravicini, man kann gut vom letzten Kapitel reden und

so tun, als ob es sich um einen Schauerroman handle. Aber wir haben es hier mit der Wirklichkeit zu tun. Mit Dingen, die tatsächlich passieren.«

»Wenn es nur mir nicht passiert«, meinte Christopher Wren, wobei er sorgfältig seinen Hals betastete.

»Na, na«, brummte Major Metcalf. »Malen Sie nicht den Teufel an die Wand, junger Mann. Der Wachtmeister wird uns jetzt seine Instruktionen erteilen.«

Wachtmeister Trotter räusperte sich, und seine Stimme nahm einen offiziellen Ton an.

»Vor einer Weile notierte ich mir die Aussagen, aus denen hervorging, wo Sie sich zu dem Zeitpunkt aufhielten, als Mrs. Boyle ermordet wurde. Demnach waren Mr. Wren und Mr. Davis in ihren Schlafzimmern, Mrs. Davis in der Küche, Major Metcalf im Keller und Mr. Paravicini hier im Salon.«

Er hielt einen Augenblick inne und fuhr dann fort:

»So lauten die von Ihnen gemachten Aussagen. Ich habe keine Möglichkeit, sie nachzuprüfen. Sie mögen wahr sein – oder auch nicht. Um mich ganz deutlich auszudrücken: Vier dieser Aussagen stimmen – aber *eine ist falsch.* Welche?«

Er blickte allen der Reihe nach ins Gesicht. Doch niemand äußerte sich dazu.

»Vier von Ihnen haben die Wahrheit gesprochen – einer hat gelogen. Ich habe einen Plan, der mir vielleicht hilft, den Lügner zu entlarven. Wenn mir das gelingt, weiß ich auch, wer der Mörder ist.«

»Nicht ohne weiteres«, widersprach Giles scharf. »Jemand mag aus einem anderen Grunde gelogen haben.«

»Das möchte ich bezweifeln, Mr. Davis.«

»Was haben Sie eigentlich für Hintergedanken? Sie haben doch eben noch betont, daß Sie keine Möglichkeit hätten, unsere Aussagen nachzuprüfen.«

»Nein, aber ich möchte, daß alle noch einmal das wiederholen, was sie in dem kritischen Moment getan haben.«

»Pah«, sagte der Major geringschätzig. »Rekonstruktion des Verbrechens. Abgeschmackte Idee.«

»Nicht eine Rekonstruktion des *Verbrechens,* Herr Major,

sondern eine Rekonstruktion der Handlungen scheinbar unschuldiger Personen.«
»Und was versprechen Sie sich davon?«
»Sie werden mir verzeihen, wenn ich im Augenblick nicht näher darauf eingehe.«
»Sie wünschen also eine Wiederholungsvorstellung?« fragte Molly.
»Mehr oder weniger, Mrs. Davis.«
Stille trat ein – eine etwas beklemmende Stille.
Es ist eine Falle, dachte Molly. *Es ist eine Falle, aber ich verstehe nicht, wie ...*
Man hätte den Eindruck gewinnen können, *fünf* Schuldige seien im Zimmer und nicht vier Unschuldige und ein Schuldiger. Alle miteinander warfen unsichere, verstohlene Blicke auf den selbstsicher lächelnden jungen Mann, der dieses anscheinend harmlose Manöver vorgeschlagen hatte.
Christopher sprudelte schrill hervor: »Es will mir nicht einleuchten – einfach nicht einleuchten, daß Sie etwas damit erreichen können, wenn Sie uns unsere früheren Handlungen wiederholen lassen. Das ist in meinen Augen blühender Unsinn.«
»Wirklich, Mr. Wren?«
»Was Sie anordnen, Wachtmeister«, sagte Giles langsam, »wird natürlich geschehen. Wir machen alle mit. Müssen wir genau dasselbe tun wie vorher?«
»*Genau die gleichen Handlungen* werden ausgeführt.«
Eine leise Zweideutigkeit in diesem Satz ließ Major Metcalf aufhorchen. Wachtmeister Trotter fuhr fort:
»Mr. Paravicini erzählte uns, daß er am Flügel saß und eine gewisse Melodie spielte. Vielleicht sind Sie so gut, Mr. Paravicini, uns das noch einmal vorzuführen?«
»Mit dem größten Vergnügen, mein lieber Wachtmeister.«
Mr. Paravicini hüpfte behende durch das Zimmer und ließ sich auf dem Klavierschemel nieder.
»Der Maestro intoniert jetzt das Leitmotiv eines Mordes«, verkündete er theatralisch.

Grinsend und betont affektiert schlug er mit einem Finger die Tasten an: *Drei blinde Mäuse ...*
Er amüsiert sich königlich, dachte Molly. Er amüsiert sich königlich.
In dem großen Raum übten die sanften, gedämpften Töne eine fast unheimliche Wirkung aus.
»Vielen Dank, Mr. Paravicini«, sagte Wachtmeister Trotter. »Ich nehme an, daß Sie die Melodie in genau der gleichen Weise spielen wie bei der – früheren Gelegenheit.«
»Ganz recht, Wachtmeister. Ich habe sie dreimal wiederholt.«
Wachtmeister Trotter wandte sich an Molly. »Spielen Sie auch Klavier, Mrs. Davis?«
»Ja.«
»Sind Sie imstande, die Melodie in derselben Weise wiederzugeben wie Mr. Paravicini?«
»Aber selbstverständlich.«
»Wollen Sie sich dann bitte an den Flügel setzen und beginnen, sobald ich Ihnen das Zeichen gebe?«
Molly machte einen etwas verdutzten Eindruck, ging aber langsam zum Flügel hinüber.
Mr. Paravicini erhob sich protestierend. »Aber Wachtmeister, es war doch ausgemacht, daß jeder seine frühere Rolle wiederholen sollte, und *ich* war doch hier am Flügel.«
»Dieselben Handlungen wie zum Zeitpunkt des Mordes werden ausgeführt – *aber nicht unbedingt von denselben Personen.*«
»Was Sie mit diesem Plan bezwecken, ist mir nicht ganz klar«, warf Giles ein.
»Er hat schon seinen Zweck, Mr. Davis. Er ist ein Mittel, die ursprünglichen Aussagen zu überprüfen – vielleicht *eine* Aussage im besonderen. Also bitte. Ich werde Ihnen jetzt Ihre verschiedenen Plätze anweisen. Mrs. Davis wird hier am Flügel sitzen. Mr. Wren, wollen Sie bitte in die Küche gehen? Sie dürfen gerne nach Mrs. Davis' Essen sehen. Mr. Paravicini, Sie werden sich in Mr. Wrens Schlafzimmer begeben. Dort können Sie Ihre musikalischen Talente unter

Beweis stellen, indem Sie, wie er, *Drei blinde Mäuse* pfeifen. Major Metcalf, Sie möchte ich bitten, nach oben in Mr. Davis' Schlafzimmer zu steigen und das Telefon zu untersuchen. Und Sie, Mr. Davis, wollen Sie einen Blick in den Verschlag unter der Treppe werfen und dann in den Keller gehen?«
Ein kurzes Schweigen folgte diesen Worten. Dann bewegten sich vier Menschen langsam auf die Tür zu. Trotter folgte ihnen nach. Mit einem Blick über die Schulter sagte er:
»Zählen Sie bis fünfzig, und fangen Sie dann an zu spielen, Mrs. Davis.«
Ehe die Tür sich hinter den anderen schloß, hörte Molly Mr. Paravicinis geschmeidige Stimme: »Ich hätte es nie für möglich gehalten, daß die Polizei soviel Freude an Gesellschaftsspielen hat.«
»Achtundvierzig, neunundvierzig, fünfzig...«
Molly begann gehorsam zu spielen. Wiederum zogen leise Töne der grausamen kleinen Melodie durch den großen, hallenden Raum.

Drei blinde Mäuse
Ha wie sie rennen...

Mollys Herz klopfte zum Zerspringen. Wie Paravicini schon geäußert hatte, war es ein seltsam fesselndes, gruseliges Liedchen. Es drückte den typisch kindlichen Mangel an Mitleid aus, der so erschreckend ist, wenn man ihm bei einem Erwachsenen begegnet.
Schwach nur drangen aus dem über ihr liegenden Schlafzimmer die Töne derselben Melodie – gepfiffen von Paravicini, der Christopher Wrens Rolle spielte.
Plötzlich wurde nebenan in der Bibliothek das Radio hörbar. Wachtmeister Trotter mußte es angestellt haben. Er übernahm also wohl Mrs. Boyles Rolle.
Warum aber nur? Was für einen Sinn hatte dies alles? Wo steckte die Falle? Daß eine Falle vorhanden war, davon war sie felsenfest überzeugt.
Ein kalter Luftzug wehte ihr über den Nacken. Sicherlich

hatte sich die Tür geöffnet, und jemand war ins Zimmer getreten. Sie wandte rasch den Kopf. Nein, das Zimmer war leer. Aber plötzlich befiel sie Nervosität – panische Furcht ... Wenn nun tatsächlich jemand hereinkäme? Wenn Paravicini, zum Beispiel, um die Tür tänzeln und zum Flügel hüpfen sollte – mit seinen spitzen, sich krallenden Fingern ...
So, Sie spielen also Ihren eigenen Trauermarsch, meine Gnädigste, eine treffliche Idee ...
Unsinn, rief sie sich zu, sei nicht töricht – fort mit diesen Hirngespinsten. Außerdem kannst du ihn über deinem Kopf pfeifen hören. Ebenso, wie er dich hören kann.
Fast hätte sie die Finger von den Tasten genommen bei dem Gedanken, der ihr plötzlich kam. Niemand hatte Paravicini spielen hören! War *das* die Falle? War es vielleicht möglich, daß Mr. Paravicini überhaupt nicht gespielt hatte? Daß er nicht im Salon, sondern in der Bibliothek gewesen war? In der Bibliothek, damit beschäftigt, Mrs. Boyle zu erwürgen?
Er war verärgert gewesen, sehr sogar, als Trotter angeordnet hatte, daß *sie* spielen sollte. Er hatte immer betont, daß er sehr leise gespielt habe. Natürlich hatte er das Leisespielen hervorgehoben in der Hoffnung, daß es zu leise sein würde, um außerhalb des Raumes gehört zu werden. Denn wenn jemand, der es das letztemal nicht vernommen hatte, es diesmal hörte – nun, dann hätte Trotter ja gefunden, wonach er suchte: die Person, die *gelogen* hatte.
Die Tür des Salons öffnete sich. Molly, ganz in Gedanken an Paravicini befangen, hätte beinahe aufgeschrien. Aber es war nur Wachtmeister Trotter, der gerade in dem Augenblick eintrat, als sie die dritte Wiederholung der Melodie beendete.
»Besten Dank, Mrs. Davis«, sagte er.
Er schien mit sich selbst äußerst zufrieden zu sein und trug ein energisches, zuversichtliches Wesen zur Schau.
Molly nahm die Hände von den Tasten. »Haben Sie erreicht, was Sie bezweckten?« erkundigte sie sich.
»Allerdings.« Seine Stimme klang frohlockend.

»Ich habe genau das erreicht, was ich beabsichtigt hatte.«
»Und wer ist es?«
»Wissen Sie das wirklich nicht, Mrs. Davis? Nanu – das ist doch nicht so schwierig. Übrigens sind Sie – wenn ich mir die Bemerkung gestatten darf – äußerst töricht gewesen. Sie haben mich nach dem dritten Opfer suchen lassen. Infolgedessen schwebten Sie in Lebensgefahr.«
»Ich? Sie sprechen in Rätseln!«
»Sie sind mir gegenüber nicht aufrichtig gewesen, Mrs. Davis, Sie haben mir etwas verheimlicht. Mrs. Boyle beging denselben Fehler.«
»Ich verstehe Sie immer noch nicht.«
»O ja, Sie verstehen mich ganz gut. Als ich zum erstenmal die Geschichte von der Longridge-Farm erwähnte, wußten Sie genau darüber Bescheid. Sie waren ganz erregt. Und Sie haben auch bestätigt, daß Mrs. Boyle die Quartiermacherin für diesen Bezirk war. Außerdem stammen Sie beide aus dieser Gegend. Als ich darüber nachzudenken begann, wer wohl das dritte Opfer werden könnte, fiel daher meine Wahl sofort auf Sie. Denn Sie besaßen unmittelbare Kenntnis von den Ereignissen auf der Longridge-Farm. Wir Polizisten sind nämlich nur halb so dumm, wie wir aussehen.«
Molly erwiderte mit leiser Stimme: »Bitte begreifen Sie doch ... Ich ... wollte nicht daran zurückdenken.«
»Das kann ich mir lebhaft vorstellen.« Seine Stimme nahm plötzlich eine andere Färbung an. »Ihr Mädchenname ist Wainwright, nicht wahr?«
»Ja.«
»Und Sie sind ein wenig älter, als Sie vorgeben. Im Jahre 1940, als der Fall sich ereignete, waren Sie Lehrerin an der Abbeyvale-Schule.«
»Nein!«
»O doch, Mrs. Davis.«
»Das stimmt nicht. Lassen Sie es sich doch gesagt sein!«
»Der Junge, der später gestorben ist, brachte es fertig, einen Brief an Sie abzusenden. Er stahl eine Briefmarke. In diesem Brief bettelte er um Hilfe – flehte er seine freundliche

Lehrerin an, ihm und seinen Geschwistern beizustehen. Es ist die Pflicht eines Lehrers, ausfindig zu machen, warum ein Kind nicht zur Schule kommt. Sie haben sich dieser Pflicht entzogen und den Brief des armen kleinen Teufels unbeachtet gelassen.«

»Hören Sie auf!« Mollys Wangen glühten. »Sie reden da von meiner Schwester. *Sie* war diese Lehrerin. Aber sie hat seinen Brief nicht ignoriert. Sie war damals krank – hatte Lungenentzündung. Sie hat den Brief erst nach dem Tode des Kindes zu sehen bekommen. Es hat sie schrecklich mitgenommen – ganz furchtbar. Sie war äußerst sensibel. Aber es war nicht ihre Schuld. Und eben weil sie es sich so sehr zu Herzen nahm, habe ich es nie ertragen können, daran erinnert zu werden. Es hat stets wie ein Alpdruck auf mir gelastet.«

Molly hielt sich die Hände vor die Augen. Als sie wieder aufblickte, sah sie, daß Trotter sie anstarrte.

Leise sagte er: »Es war also Ihre Schwester. Nun, schließlich...« Ein seltsames Lächeln huschte plötzlich über sein Gesicht. »Schließlich ist es kein großer Unterschied, nicht wahr? *Ihre* Schwester – *mein* Bruder.« Er nahm etwas aus der Tasche und lächelte jetzt ganz glücklich.

Molly starrte entsetzt auf den Gegenstand in seiner Hand. »Ich habe immer geglaubt, die Polizei trage keine Revolver.«

»Da haben Sie ganz recht«, erwiderte der junge Mann. »Aber sehen Sie, Mrs. Davis, *ich bin kein Polizist.* Ich bin Jim – Georgies Bruder. Sie hielten mich für einen Polizisten, weil ich von der Telefonzelle im Dorf aus anrief und Ihnen sagte, Wachtmeister Trotter sei auf dem Wege zu Ihnen. Als ich dann hier ankam, zerschnitt ich die Telefondrähte vor dem Haus, damit Sie nicht bei der Polizeiwache anrufen konnten.«

Fassungslos blickte Molly ihn an. Der Revolver war jetzt auf sie gerichtet.

»Rühren Sie sich nicht, Mrs. Davis – und schreien Sie vor allen Dingen nicht –, sonst drücke ich sofort ab.«

Er lächelte immer noch. Es war, wie Molly mit Entsetzen erkannte, das Lächeln eines Kindes. Und als er sprach, verwandelte sich seine Stimme ebenfalls in eine Kinderstimme.
»Ja«, sagte er. »Ich bin Georgies Bruder. Georgie starb auf der Longridge-Farm. Diese gräßliche Mrs. Boyle hat uns dorthin geschickt, und die Bäuerin hat uns grausam gequält, und *Sie* wollten uns nicht helfen – uns drei kleinen, blinden Mäusen. Damals habe ich mir geschworen, Sie alle zu töten, wenn ich erst groß wäre. Es war mein voller Ernst. Seitdem habe ich unablässig an meine Rache gedacht.« Er runzelte plötzlich die Stirn. »Beim Militär haben sie mich zu oft belästigt – der Arzt stellte ständig Fragen –, ich mußte unbedingt fort. Ich fürchtete, sie würden mich sonst an meinem Vorhaben hindern. Aber ich bin jetzt erwachsen, und Erwachsene können tun, was sie wollen.«
Molly riß sich zusammen. *Rede mit ihm,* befahl sie sich. *Du mußt ihn ablenken.*
»Hören Sie, Jim«, sagte sie, »nehmen Sie Vernunft an – Sie kommen hier nicht ungeschoren raus!«
Seine Stirn umwölkte sich. »Irgend jemand hat meine Schier versteckt. Ich kann sie nicht finden.« Er lachte. »Aber es wird wohl nichts ausmachen. Dies ist der Revolver Ihres Mannes, ich habe ihn aus seiner Schublade genommen. Wahrscheinlich wird man annehmen, daß *er* Sie erschossen hat. Und außerdem ist es mir gleichgültig. Es hat mir soviel Spaß gemacht – diese ganze Komödie. Die Alte da in London, mein Gott, ihr Gesicht, als sie mich erkannte! Und diese einfältige Frau heute morgen!«
Er nickte langsam vor sich hin.
Plötzlich ließ sich – ganz deutlich – ein unheimliches Pfeifen vernehmen. Irgend jemand pfiff *Drei blinde Mäuse ...*
Trotter fuhr zusammen, so daß der Revolver ins Schwanken geriet. Gleichzeitig rief eine Stimme: »Hinlegen, Mrs. Davis!«
Molly sank zu Boden, als Major Metcalf, der aus seinem Versteck hinter dem Sofa hervorgekommen war, sich auf Trotter stürzte. Der Revolver entlud sich, und die Kugel bohrte

sich in eins der ziemlich mittelmäßigen, dem Herzen der verstorbenen Miss Emory so teuren Ölgemälde.
Im nächsten Augenblick brach ein regelrechter Tumult aus. Giles stürzte ins Zimmer. Dicht hinter ihm tauchten Christopher und Mr. Paravicini auf.
Major Metcalf, der sich Trotters bemächtigt hatte, sprach in kurzen, abgerissenen Sätzen.
»Kam ins Zimmer, während Sie klimperten – schlüpfte hinters Sofa – habe ihn von Anfang an in Verdacht gehabt – wußte, daß er kein Polizeibeamter war. Ich bin nämlich Polizeibeamter – Inspektor Tanner von Scotland Yard. Habe mit Metcalf ausgemacht, daß ich seinen Platz einnehme. Hielten es für ratsam, jemanden an Ort und Stelle zu haben.« Dann redete er sanft auf den jetzt fügsamen Trotter ein: »Nun, mein Junge, Sie kommen jetzt mit mir. Niemand tut Ihnen etwas zuleide. Es wird Ihnen nichts geschehen. Wir werden für Sie sorgen.«
Mit einer jämmerlich kindlichen Stimme fragte der braungebrannte junge Mann: »Und Georgie wird mir nicht böse sein?«
»Nein, Georgie wird Ihnen nicht böse sein«, beruhigte ihn Metcalf.
Im Vorbeigehen flüsterte er Giles zu: »Völlig durchgedreht, der arme Kerl.«
Metcalf verließ mit Trotter das Zimmer, und Mr. Paravicini legte Christopher Wren die Hand auf den Arm.
»Und Sie, mein Freund«, sagte er, »kommen mit mir.«
Giles und Molly blieben allein zurück und blickten sich stumm an. Im nächsten Augenblick lagen sie sich in den Armen.
»Liebling«, flüsterte Giles, »hat er dich auch ganz gewiß nicht verletzt?«
»Nein, nein, mir ist gar nichts passiert, Giles. Ich war so schrecklich verwirrt. Ich habe beinahe geglaubt, du ... Warum bist du eigentlich an dem bewußten Tag nach London gefahren?«
»Liebling, ich wollte dir ein Geschenk für unseren morgigen

Hochzeitstag kaufen – es sollte eine Überraschung werden.«
»Wie merkwürdig! Auch ich war in London, um ein Geschenk für *dich* auszusuchen; ich wollte es ebenfalls vor dir geheimhalten.«
»Ich war irrsinnig eifersüchtig auf Christopher, diesen neurotischen Esel. Ich muß völlig von Sinnen gewesen sein. Verzeih mir, Liebling.«
Die Tür öffnete sich, und Mr. Paravicini hüpfte wie ein Ziegenbock herein. Er strahlte über das ganze Gesicht.
»Ich unterbreche wohl den Versöhnungsakt – eine so reizende Szene. Aber leider muß ich mich von Ihnen verabschieden. Einem Polizei-Jeep ist es gelungen, bis hierher durchzukommen, und ich werde die Leute überreden, mich mitzunehmen.« Er beugte sich herab und flüsterte Molly geheimnisvoll ins Ohr: »Mich erwarten demnächst vielleicht einige Unannehmlichkeiten, aber ich bin fest davon überzeugt, daß sich alles arrangieren läßt, und wenn Sie eine Kiste erhalten sollten – sagen wir mal: mit einer Gans, einem Puter, einigen Dosen Gänseleberpastete, einem Schinken und Nylonstrümpfen, ja? –, nun, dann nehmen Sie alles an mit einer Empfehlung von mir an eine sehr charmante Dame. Mr. Davis, mein Scheck liegt auf dem Tisch in der Halle.«
Er küßte Molly die Hand und tänzelte zur Tür.
»Nylonstrümpfe?« murmelte Molly. »Gänseleberpastete? Wer ist dieser Mr. Paravicini eigentlich? Der Weihnachtsmann in eigener Person?«
»Schwarzmarkthändler, nehme ich an«, sagte Giles.
Christopher Wren steckte schüchtern den Kopf durch die Tür. »Ihr lieben Leutchen, ich störe hoffentlich nicht, aber aus der Küche dringt ein schrecklicher Brandgeruch. Könnte ich da irgend etwas unternehmen?«
»Oh, meine Pastete!« Mit diesem gequälten Aufschrei stürzte Molly davon.

Das Asyl

Die Arme voller Chrysanthemen, kam die Frau des Vikars um die Ecke des Pfarrhauses. Schwarze Gartenerde haftete an ihren derben Schuhen, und ein paar Erdkrumen klebten an ihrer Nasenspitze, doch sie merkte nichts davon.
Es machte ihr etwas Mühe, das Tor der Pfarrei zu öffnen, denn es hing, verrostet, schon halb aus den Angeln. Ein Windstoß ließ ihren etwas ramponierten Filzhut verrutschen, so daß er noch kühner saß als zuvor. »Verdammt!« zischte Bunch.
Von ihren optimistischen Eltern auf den Namen Diana getauft, wurde Mrs. Harmon schon in frühen Jahren, wohl aus offensichtlichen Gründen, Bunch (Bündel) genannt, und der Name war ihr geblieben. Sie preßte die Chrysanthemen an sich und ging über den Friedhof bis zur Kirchentür.
Die Novemberluft war mild und feucht. Wolken fegten über den Himmel und ließen nur hier und dort ein Stückchen Blau frei. Im Innern der Kirche war es dämmerig und kalt, es wurde nicht geheizt, wenn keine Messe war.
»Brrr!« sagte Bunch ausdrucksvoll. »Ich beeile mich lieber. Ich will ja nicht vor Kälte sterben.«
Mit der Schnelligkeit, die aus langer Übung resultiert, trug sie alles nötige Drum und Dran zusammen: Vasen, Wasser, Blumenhalter. Ich wünschte, wir hätten Lilien, dachte Bunch. Ich hab' diese zerrupften Chrysanthemen so satt. Ihre schlanken Finger arrangierten die Blumenstengel auf den Haltern.
Es war nichts besonders Originelles oder Künstlerisches an diesen Dekorationen, denn Bunch Harmon selbst war weder originell noch künstlerisch, aber sie gaben dem Raum eine anheimelnde freundliche Atmosphäre. Bunch trug gerade

vorsichtig die Vasen die unteren Stufen zum Altar hinauf, als die Sonne durchbrach.
Sie schien durch die grellbunten Glasscheiben des Ostfensters, die, blau und rot, das Geschenk eines wohlhabenden viktorianischen Kirchgängers waren. Die Wirkung war fast überwältigend in ihrem plötzlichen Reichtum an Farben. Wie Juwelen, dachte Bunch. Plötzlich blieb sie wie angewurzelt stehen. Auf den oberen Altarstufen lag eine dunkle, in sich zusammengesunkene Gestalt.
Bunch setzte behutsam die Vasen ab und eilte darauf zu. Es war ein Mann, der dort zusammengekrümmt lag. Bunch beugte sich über ihn, kniete nieder und langsam, vorsichtig, drehte sie ihn um. Ihre Finger fühlten nach seinem Puls, einem Puls, der so schwach und flatternd ging, daß er seine eigene Geschichte erzählte, genauso wie die grünliche Blässe des Gesichts. Kein Zweifel, dachte Bunch, er stirbt.
Der Mann mochte fünfundvierzig Jahre alt sein, er trug einen dunklen, schäbigen Mantel. Sie legte die Hand, die sie aufgehoben hatte, behutsam nieder. Die andere Hand war, zu einer Faust geballt, fest auf die Brust gepreßt. Die Finger hielten ein Taschentuch umklammert, das eine rostige Farbe angenommen hatte. Auch rund um diese verkrampfte Hand bemerkte sie Flecken, die sie für Blut hielt. Bunch hockte sich auf ihre Fersen und überlegte fieberhaft und mit gerunzelter Stirn.
Die Augen des Mannes waren geschlossen, doch jetzt öffnete er sie plötzlich und sah Bunch mit klarem Blick an. Er schien weder bewußtlos noch verwundert zu sein. Sein Blick schien sehr lebhaft und intelligent. Nun bewegte er die Lippen, und Bunch beugte sich vor, um ihn verstehen zu können. Er sagte nur die Worte:
»Kirchliches Asyl.«
Ihr schien es, als ob ein schwaches Lächeln über seine Züge huschte, während er die Worte aussprach. Ein Mißverständnis war nicht möglich, denn nach einem Augenblick wiederholte er: »Kirchliches Asyl...«
Dann schlossen sich die Augen wieder, und ein langgezoge-

ner Seufzer entrang sich seiner Brust. Noch einmal tasteten Bunchs Finger nach dem Puls. Er schlug noch, doch schwächer jetzt und noch unregelmäßiger. Sie stand entschlossen auf.
»Bleiben Sie still liegen«, sagte sie. »Versuchen Sie nicht, sich zu bewegen. Ich hole Hilfe.«
Wieder öffnete der Mann die Augen, doch diesmal schien seine Aufmerksamkeit auf das bunte Licht, das durch das Ostfenster hereinfloß, gerichtet zu sein. Er murmelte etwas, das Bunch nicht verstand. Sie dachte verwundert nach, ob es der Name ihres Mannes gewesen sein konnte.
»Julian?« sagte sie. »Kamen Sie hierher, um Julian zu finden?« Aber der Mann gab keine Antwort. Er lag da mit geschlossenen Augen, sein Atem kam in langsamen, schwachen Stößen.
Bunch wandte sich ab und verließ schnell die Kirche. Sie warf einen Blick auf ihre Uhr und nickte erleichtert, Dr. Griffiths würde noch in seiner Praxis sein. Es war ein Weg von nur wenigen Minuten von der Kirche aus. Ohne zu klopfen durchschritt sie das Wartezimmer und betrat die Praxis.
»Sie müssen sofort kommen«, sagte Bunch. »In der Kirche liegt ein Mann im Sterben.«
Kurze Zeit darauf erhob sich Dr. Griffiths nach kurzer Untersuchung von den Knien.
»Können wir ihn ins Pfarrhaus hinüberbringen? Da könnte ich mich besser um ihn kümmern – wir müssen alles versuchen.«
»Natürlich«, sagte Bunch. »Ich gehe voraus und richte alles. Soll ich Harper und Jones herschicken? Sie könnten ihn tragen helfen.«
»Danke. Ich kann vom Pfarrhaus aus einen Ambulanzwagen rufen, aber ich fürchte, bis der kommt...« Er sprach den Satz nicht zu Ende.
Bunch fragte: »Innere Blutungen?«
Dr. Griffiths nickte. Er sagte: »Wie um alles in der Welt kam er hierher?«

»Ich glaube, er muß die ganze Nacht hier gelegen haben«, sagte Bunch, indem sie überlegte. »Harper schließt zwar morgens, wenn er mit der Arbeit beginnt, die Kirche auf, aber gewöhnlich geht er nicht hinein.«
Fünf Minuten später legte Dr. Griffiths den Telefonhörer auf und kam wieder in die Halle, wo der verwundete Mann auf das Sofa gebettet lag. Bunch brachte eine Schüssel mit Wasser, und der Arzt reinigte die Wunde.
»So, das wäre erledigt«, sagte Griffiths. »Ich habe den Krankenwagen gerufen und die Polizei benachrichtigt.« Er schaute mit gerunzelter Stirn auf den Patienten hinab, der mit geschlossenen Augen dalag. Seine linke Hand zuckte nervös und tastend, als ob er nach etwas greifen wollte.
»Man hat auf ihn geschossen«, sagte Griffiths. »Der Schuß ging dicht am Herzen vorbei. Er hat sein Taschentuch auf die Wunde gepreßt, um die Blutung zu stillen.«
»Kann er weit gekommen sein, nachdem das passiert ist?« fragte Bunch.
»Doch ja, das ist möglich. Ein tödlich verwundeter Mann ist bekanntlich einmal aufgestanden und die Straße hinuntergegangen, so als ob nichts geschehen wäre, und erst nach fünf oder zehn Minuten hat er einen Kollaps bekommen. Es muß also nicht unbedingt in der Kirche auf ihn geschossen worden sein. Es kann natürlich auch Selbstmord sein. Er hat den Revolver weggeworfen und sich dann in die Kirche geschleppt. Ich verstehe nur nicht, warum er in die Kirche ging und nicht ins Pfarrhaus.«
»Doch, das weiß ich«, sagte Bunch. »Er sagte es: ›Kirchliches Asyl.‹«
Der Doktor sah sie an. »Kirchliches Asyl?«
»Da ist ja Julian«, sagte Bunch und wandte den Kopf ihrem Mann zu, als sie seine Schritte hörte. »Julian! Komm bitte.«
Der Vikar, Julian Harmon, betrat die Vorhalle. Seine zerstreute Gelehrtenart ließ ihn sehr viel älter erscheinen, als er wirklich war. »Du liebe Güte«, sagte Julian Harmon und blickte milde verwundert auf die medizinischen Instrumente und auf die lang hingestreckte Gestalt auf dem Sofa.

Bunch erklärte mit knappen Worten, was vorgefallen war.
»Ich fand ihn schwerverletzt in der Kirche. Man hat auf ihn geschossen. Kennst du ihn, Julian? Ich glaube, er hat deinen Namen gesagt.«
Der Vikar trat an das Sofa und sah den sterbenden Mann an.
»Armer Teufel«, sagte er und schüttelte den Kopf. »Nein, ich kenne ihn nicht. Ich bin fast sicher, daß ich ihn niemals vorher gesehen habe.«
In diesem Moment schlug der Sterbende noch einmal die Augen auf. Sein Blick wanderte vom Arzt zu Julian Harmon und weiter zu dessen Frau. Seine Augen verweilten dort, sie klammerten sich an Bunchs Gesicht fest. Griffiths trat hinzu.
»Wenn Sie uns sagen könnten ...«, fragte er eindringlich.
Doch der Mann schien ihn nicht zu hören, sein Blick blieb auf Bunch geheftet, und er sagte mit schwacher Stimme: »Bitte – bitte –« Dann fiel sein Kopf zur Seite.

Sergeant Hayes schlug seinen Notizblock auf.
»Ist das alles, was Sie mir dazu sagen können, Mrs. Harmon?«
»Das ist alles«, sagte Bunch. »Und hier sind die Sachen aus seiner Manteltasche.«
Auf dem Tisch neben Sergeant Hayes' Ellbogen lagen eine Brieftasche, eine ziemlich zerkratzte alte Uhr mit den Initialen W. S. und eine Rückfahrkarte nach London. Sonst nichts.
»Haben Sie herausfinden können, wer er ist?« fragte Bunch.
»Ein Mr. und eine Mrs. Eccles haben uns im Revier angerufen. Wie es scheint, ist er ihr Bruder. Mit Namen Sandbourne. Seine Gesundheit und sein Nervenzustand sind schon einige Zeit lang schlecht gewesen, und es wurde in letzter Zeit immer schlimmer. Vorgestern ist er fortgegangen und kam nicht mehr zurück. Er hatte einen Revolver mitgenommen.«
»Und er kam hierher, um sich zu erschießen?« fragte Bunch. »Warum?«

»Na ja, sehen Sie, er hatte Depressionen...«
Bunch unterbrach ihn. »*Das* meine ich nicht. Ich frage mich, warum ausgerechnet hier?«
Da Sergeant Hayes darauf offensichtlich keine Antwort wußte, erwiderte er indirekt: »Hierhergekommen ist er mit dem Bus um siebzehn Uhr zehn.«
»Ja«, sagte Bunch wieder. »Aber warum?«
»Ich weiß es nicht, Mrs. Harmon«, sagte Sergeant Hayes. »Da gibt es keinen Anhaltspunkt. Wenn einmal das seelische Gleichgewicht gestört ist –«
Bunch beendete den Satz für ihn. »Dann kann man das überall tun. Aber es scheint mir doch absurd, mit einem Bus ausgerechnet hierherzufahren ohne Grund. Kannte er hier jemanden?«
»Soweit ich unterrichtet bin, nicht«, sagte Sergeant Hayes. Er hüstelte und sagte, indem er aufstand: »Möglicherweise kommen Mr. und Mrs. Eccles zu Ihnen, um mit Ihnen zu sprechen, Madam, das heißt – wenn es Ihnen nichts ausmacht.«
»Natürlich macht es mir nichts aus«, sagte Bunch. »Das ist doch verständlich. Ich wünschte nur, ich könnte ihnen etwas sagen.«
»Ich muß jetzt gehen«, sagte Sergeant Hayes.
»Ich bin nur dankbar, daß es kein Mord war«, sagte Bunch, während sie ihn zur Tür brachte.
Vor dem Tor der Pfarrei hatte ein Wagen geparkt. Sergeant Hayes bemerkte nach einem Blick darauf: »Sieht so aus, als ob Mr. und Mrs. Eccles schon da sind, Madam. Sie wollen wohl mit Ihnen sprechen.«
Bunch straffte sich, sie war bereit, den Besuchern beizustehen in ihrem Leid. Und sie dachte: Ich kann ja immer Julian zu Hilfe holen. Ein Geistlicher ist da genau der Richtige, wenn Menschen Trost bedürfen.
Bunch hätte nicht sagen können, wie sie sich Mr. und Mrs. Eccles vorgestellt hatte, doch ihre eigene Überraschung wurde ihr bewußt, als sie sie begrüßte. Mr. Eccles war ein massiger, blühend aussehender Mensch, dessen Wesen nor-

malerweise wohl gutgelaunt und witzig sein mochte. Mrs. Eccles war übertrieben aufgedonnert und zu grell geschminkt. Sie hatte einen kleinen, gemeinen Schmollmund, und ihre Stimme war dünn und schrill. »Das war ein fürchterlicher Schock, Mrs. Harmon, wie Sie sich ja vorstellen können«, sagte sie.
»O ja«, sagte Bunch. »Ich weiß. Es muß sehr schwer für Sie sein. Bitte nehmen Sie Platz. Darf ich Ihnen etwas anbieten? Vielleicht ist es für Tee noch ein wenig zu früh –«
Mr. Eccles fuchtelte ablehnend mit den Händen in der Luft herum. »Nein, nein, nichts für uns«, sagte er. »Es ist sehr nett von Ihnen, sicher. Wir wollten nur – nun – tja – hören, was der arme William zuletzt gesagt hat und all das, wissen Sie?«
»Er war lange Zeit drüben in Amerika«, sagte Mrs. Eccles. »Und ich glaube, er hat ein paar häßliche Erfahrungen machen müssen. Er war so still und deprimiert, seit er wieder da war. Er meinte, die Welt sei nicht gemacht, um darin zu leben, und er hätte keine Zukunft. Armer Bill, er litt sehr unter diesen Stimmungen.«
Bunch blickte die beiden schweigend an.
»Hat er doch tatsächlich meinem Mann den Revolver weggenommen, jawohl«, fuhr Mrs. Eccles fort. »Ohne daß wir es ahnten. Ich glaube, das war Rücksicht auf uns. Er wollte es nicht in unserem Hause tun.«
»Armer, armer Kerl«, sagte Mr. Eccles mit einem Seufzer. »Man darf ihn nicht verurteilen.«
Es folgte eine weitere kurze Pause, und Mrs. Eccles sagte: »Hat er keine Nachricht für uns hinterlassen? Irgendein letztes Wort, nichts dergleichen?«
Ihre leuchtenden Schweinsäugelchen beobachteten Bunch genau. Auch Mr. Eccles beugte sich vor, so, als ob er auf die Antwort begierig wäre.
»Nein«, sagte Bunch ruhig. »Er kam in die Kirche, als er starb. Er sagte nur die Worte: Kirchliches Asyl.«
Mrs. Eccles wiederholte mit erstaunter Stimme: »Kirchliches Asyl? Ich glaube, ich weiß nicht recht, was das...«

Mr. Eccles unterbrach sie. »Geheiligter Platz, meine Liebe«, sagte er ungeduldig. »Das ist es, was die Frau des Vikars meint. Es ist eine Sünde – Selbstmord, weißt du. Ich nehme an, er wollte hier dafür um Verzeihung bitten.«
»Er wollte etwas sagen, bevor er starb«, sagte Bunch. »Er begann mit ›Bitte‹, aber weiter kam er nicht mehr.« Mrs. Eccles führte ihr Taschentuch an die Augen und schniefte.
»Ach Liebling«, sagte sie. »Es ist so fürchterlich traurig, nicht wahr?«
»Na, na, schon gut«, sagte ihr Mann. »Nimm dich zusammen. Daran ist nichts mehr zu ändern. Armer Willie. Jetzt hat er seinen Frieden. Nun, herzlichen Dank, Mrs. Harmon. Ich hoffe, wir haben Sie nicht aufgehalten. Die Frau eines Vikars hat viel zu tun, das wissen wir.«
Sie reichten ihr die Hände. Dann wandte sich plötzlich Eccles noch einmal um und sagte. »Ach ja, noch etwas. Ich hätte es fast vergessen. Ich glaube, Sie haben noch seinen Mantel hier, nicht wahr?«
»Seinen Mantel?« Bunch runzelte die Stirn.
Mrs. Eccles sagte: »Wir möchten all seine Sachen gern haben, wissen Sie, vielleicht ist das ein wenig sentimental, aber...«
»Er hatte eine Uhr, eine Brieftasche und eine Fahrkarte«, sagte Bunch. »Ich habe alles Sergeant Hayes gegeben.«
»Dann ist ja alles in Ordnung«, sagte Mr. Eccles. »Er wird uns die Sachen schon aushändigen, nehme ich an. Seine privaten Papiere werden wohl in der Brieftasche gewesen sein.«
»Es war nur eine Pfundnote darin, sonst nichts«, sagte Bunch.
»Keine Briefe? Nichts dergleichen?«
Bunch schüttelte den Kopf.
»Nun, nochmals herzlichen Dank, Mrs. Harmon. Den Mantel, den er anhatte – hat den der Sergeant auch mitgenommen, ja?«
Bunch zog wieder die Stirn in Falten und strengte ihr Gedächtnis an.
»Nein«, sagte sie. »Ich glaube nicht, lassen Sie mich einmal

nachdenken. Der Arzt und ich haben ihm den Mantel ausgezogen, um ihn untersuchen zu können und die Wunde zu behandeln.« Sie sah sich nachdenklich im Raum um. »Ich muß ihn mit hinaufgenommen haben mit den Tüchern und der Waschschüssel.«
»Ach, Mrs. Harmon, wenn es Ihnen nichts ausmachte ... Wir hätten gern seinen Mantel, wissen Sie, das letzte, was er trug. Nun ja, meine Frau hat ihn eben sehr gern gehabt.«
»Natürlich, ich verstehe«, sagte Bunch. »Soll ich ihn nicht zuerst reinigen lassen? Ich fürchte, er ist ziemlich – nun ja – von Blut durchtränkt.«
»O nein, nein, nein, das macht gar nichts. Das ist doch nicht nötig«, sagte er hastig.
Bunch runzelte die Stirn. »Wenn ich nur wüßte, wo ich ihn hingelegt habe. Entschuldigen Sie mich einen Augenblick.«
Sie eilte hinauf, und es vergingen etliche Minuten, bis sie mit dem Mantel über dem Arm zurückkehrte.
»Es tut mir leid, daß Sie warten mußten«, sagte sie atemlos. »Meine Zugehfrau hat ihn mit anderen Kleidern, die in die Reinigung sollten, beiseite gelegt. Es hat so lange gedauert, bis ich ihn gefunden habe. Hier ist der Mantel. Ich werde ihn für Sie einpacken.«
Trotz des Protestes packte sie ihn ein, dann verabschiedeten sich die Eccles, nicht ohne sich vorher nochmals umständlich bedankt zu haben.
Bunch ging langsam durch die Vorhalle und betrat das Arbeitszimmer ihres Mannes. Der Vikar Julian Harmon blickte hoch, und sein Gesicht hellte sich auf. Er schrieb gerade seine Predigt und fürchtete, daß er sich vom Interesse an den politischen Beziehungen zwischen Judäa und Persien in der Regierungszeit des Cyrus hatte verleiten lassen, vom Thema abzuschweifen.
»Ja, Liebe?« fragte er sanft.
»Julian«, begann Bunch. »Was bedeutet eigentlich ›Kirchliches Asyl‹ genau?«
Julian schob, dankbar für die Unterbrechung, seine Predigt beiseite.

»Nun«, sagte er, »das Asylrecht galt in römischen und griechischen Tempeln für die ›cella‹, in der die Statue der Gottheit aufbewahrt wurde. Das lateinische Wort für Altar, ›ara‹, bedeutet auch Schutz.« Er fuhr gelehrt fort: »399 nach Christus wurde das Asylrecht schließlich endgültig in christlichen Kirchen anerkannt. Die früheste Erwähnung dieses Asylrechtes in England finden wir in den Gesetzen, die Ethelbert 600 nach Christus herausbrachte...«
Er fuhr noch eine Zeitlang mit seinem Vortrag fort, wurde aber, wie so oft, durch die Art verwirrt, in der seine Frau den wissenschaftlichen Vortrag aufnahm.
»Liebling«, sagte sie. »Du bist zauberhaft.«
Sie beugte sich über den Schreibtisch und küßte ihn auf die Nasenspitze. Julian fühlte sich wie ein Hund, den man für ein brav vorgeführtes Kunststück lobt.
»Die Eccles waren hier«, sagte Bunch.
Das Gesicht des Vikars verfinsterte sich wieder. »Die Eccles? Wer soll denn das sein?«
»Du kennst sie nicht. Die Frau ist die Schwester des Mannes in der Kirche.«
»Meine Liebe, du hättest mich rufen sollen.«
»Das war gar nicht nötig«, sagte Bunch. »Sie brauchten keine Tröstung. Ich möchte dich etwas fragen.« Sie sah ihn zärtlich an. »Wenn ich dir für morgen alles in den Backofen stelle, meinst du, du kommst dann alleine zurecht, Julian? Ich glaube, ich muß für meine Einkäufe diesmal nach London fahren.«
»Einkäufe?« fragte ihr Mann verwundert. »Was denn für Einkäufe?«
Bunch lachte etwas verlegen. »Ach, Liebling, weißt du, da gibt es einen Ausverkauf bei Burrows und Portmans. Du weißt doch, Laken, Tischtücher, Handtücher und so. Ich verstehe gar nicht, was immer mit unseren Handtüchern los ist. Alle naselang sind sie kaputt. Übrigens«, fügte sie hinzu, »sollte ich auch mal wieder Tante Janet besuchen.«

Diese liebe alte Dame, Miss Jane Marple, genoß jetzt zwei

Wochen lang die Freuden der Großstadt, da ihr Neffe ihr seine komfortable Wohnung überlassen hatte.
»Ja, das ist wirklich nett von Raymond«, murmelte die alte Dame. »Er ist mit Joan für zwei Wochen nach Amerika geflogen und bestand darauf, daß ich in dieser Zeit hier wohne. Und jetzt, liebe Bunch, erzähl mir, was dich bedrückt.«
Bunch war Miss Marples Lieblingspatenkind, und die alte Dame blickte sie voller Zuneigung an, als Bunch ihren besten Filzhut fest auf den Hinterkopf drückte und ihre Geschichte erzählte.
Bunchs Bericht war knapp und klar. Miss Marple nickte, als Bunch geendet hatte. »Ich verstehe«, sagte sie. »Ja, ich verstehe.«
»Und darum meinte ich, müßte ich mit dir sprechen«, fuhr Bunch fort. »Siehst du, wenn ich es nicht klug anstelle –«
»Aber du bist doch klug, mein Liebes.«
»Nein, sicher nicht. Nicht so klug wie Julian.«
»Julian, natürlich, der hat ein großes Wissen und Intellekt«, sagte Miss Marple.
»Ja, das hat er«, sagte Bunch. »Julian hat den Intellekt, und ich, ich habe dafür das Gefühl.«
»Ja, und du hast einen gesunden Menschenverstand, Bunch, und überdies bist du auch noch intelligent.«
»Siehst du, ich weiß nicht genau, was ich jetzt tun muß. Julian kann ich nicht fragen, weil – nun, ich meine, Julian ist so ganz Rechtschaffenheit ...«
Diese Erkenntnis schien Miss Marple durchaus zu teilen. Sie sagte: »Ich verstehe, was du sagen willst, Liebes. Wir Frauen – nun ja, das ist etwas ganz anderes.« Dann fuhr sie fort: »Du hast mir erzählt, was geschehen ist, Bunch, aber jetzt möchte ich hören, wie du darüber denkst.«
»Ich denke, daß alles nicht stimmt«, sagte Bunch. »Der Mann, der da in der Kirche lag und starb, wußte genau, was ›Kirchliches Asyl‹ bedeutet. Er sprach es aus, wie Julian es gesagt haben würde. Ich meine, er war belesen, ein gebildeter Mensch. Und wenn er auf sich selbst geschossen hätte,

hätte er sich nicht hinterher in eine Kirche geschleppt und ›Kirchliches Asyl‹ gesagt. Ich finde, es ist eindeutig, daß er verfolgt wurde und sich in die Kirche rettete, wo er sicher war. Da durften seine Verfolger ihm nichts mehr anhaben. Es gab einmal eine Zeit, da nicht einmal das Gesetz dort jemand fassen durfte.«
Sie sah Miss Marple fragend an. Die nickte. Bunch fuhr fort: »Diese Leute, diese Eccles, waren so ganz anders. Ungebildet und grob. Und dann ist da noch etwas. Die Uhr des Toten. Sie trug die Initialen W. S. auf der Rückseite. Aber innen, ich habe sie aufgemacht, stand in sehr kleinen Buchstaben ›Für Walter von seinem Vater‹ und das Datum. Walter. Aber die Eccles redeten immer nur von ihm als William oder Bill.«
Miss Marple wollte etwas sagen, aber Bunch war in Fahrt gekommen und sprach hastig weiter. »O ja, ich weiß, man wird nicht immer mit dem Namen gerufen, auf den man getauft wurde. Ich meine, ich kann verstehen, daß man auf den Namen William getauft wurde und ›Häschen‹ oder ›Dickerchen‹ genannt wird oder sonst was. Aber seine Schwester würde ihn nicht William oder Bill nennen, wenn sein richtiger Name Walter wäre.«
»Du glaubst also, sie war gar nicht seine Schwester?«
»Da bin ich sogar ziemlich sicher. Sie waren greulich – alle beide. Sie kamen in die Pfarrei, um seine Sachen zu holen und um herauszubekommen, ob er irgend etwas gesprochen hat, bevor er starb. Als ich ihnen berichtete, er habe nichts gesagt, sah ich ihren Gesichtern an, wie erleichtert sie waren. Ich glaube«, schloß Bunch, »daß es Eccles war, der ihn erschossen hat.«
»Also Mord?« sagte Miss Marple.
»Ja«, sagte Bunch. »Mord. Und das ist der Grund, warum ich zu dir gekommen bin, liebe Tante.«
Bunchs Bemerkung mochte einem nicht eingeweihten Zuhörer ungereimt und widerspruchsvoll erscheinen, aber in gewissen Kreisen genoß Miss Marple den Ruf eines kriminalistischen Verstandes.
»Er sagte ›bitte‹ zu mir, ehe er starb«, sagte Bunch. »Er

wollte, daß ich etwas für ihn tun sollte. Das Schreckliche ist, ich habe keine Ahnung, was das sein könnte.«
Miss Marple überlegte ein Weilchen, und dann kam sie auf einen Punkt, der auch Bunch schon so oft durch den Kopf gegangen war. »Aber warum ist er überhaupt nach Chipping Cleghorn gekommen?« fragte sie.
»Du meinst, wenn er des Asylrechts bedurfte, hätte er in jede x-beliebige Kirche gehen können. Er hätte es nicht nötig gehabt, einen Bus zu nehmen, der nur viermal am Tage fährt, um in unseren kleinen, verlassenen Ort zu fahren.«
»Er muß einen Grund dazu gehabt haben«, dachte Miss Marple laut. »Er muß dorthin gefahren sein, um jemand zu treffen. Chipping Cleghorn ist doch keine große Stadt, Bunch. Vielleicht fällt dir jemand ein, den er hätte treffen wollen?«
Bunch ließ die Einwohner des Ortes an ihrem geistigen Auge vorüberziehen, dann schüttelte sie hoffnungslos den Kopf. »Da ich den Grund nicht weiß, könnte es ja jeder sein«, sagte sie.
»Hat er nicht einen Namen genannt?«
»Doch ja, er sagte Julian, oder so ähnlich. Es könnte auch Julia gewesen sein. Aber soweit ich weiß, gibt es keine Julia in Chipping Cleghorn.«
Sie schloß die Augen, um sich intensiver an die Szene erinnern zu können. Da lag der Mann auf den Altarstufen, die Sonne schien durch das Fenster, dessen rotes und blaues Glas wie Juwelen leuchtete.
»Juwel«, sagte Bunch plötzlich. »Vielleicht war es das, was er gesagt hat. Das Licht, das durch das bunte Fenster floß, glänzte wie Juwelen.«
»Juwel«, sagte Miss Marple nachdenklich.
»Jetzt komme ich auf das Allerwichtigste überhaupt«, sagte Bunch. »Weißt du, weswegen ich hauptsächlich zu dir gekommen bin? Die Eccles wollten unbedingt den Mantel haben. Wir hatten ihn ihm ausgezogen, als der Arzt ihn untersuchte. Es war ein alter, schäbiger Mantel, und es war unverständlich, warum sie so sehr darauf bestanden. Sie

gaben vor, es seien sentimentale Gründe, aber das ist Unsinn.
Jedenfalls ging ich, um ihn zu holen, und als ich die Treppe hinaufging, fiel mir wieder ein, daß der Mann sterbend Bewegungen machte, als ob er etwas aus dem Mantel herausholen wollte. Als ich dann den Mantel in der Hand hatte, untersuchte ich ihn sehr sorgfältig und bemerkte, daß an einer Stelle die Naht mit einem anderen Faden genäht worden war. Ich trennte also auf und fand ein kleines Stück Papier. Ich nähte alles wieder sauber zu. Ich war vorsichtig und denke nicht, daß die Eccles etwas bemerkt haben. Aber ich glaube es nur, ich weiß es nicht. Und dann brachte ich ihnen den Mantel mit irgendeiner Entschuldigung für meine Verspätung.«
»Und das Stück Papier?« fragte Miss Marple.
Bunch öffnete ihre Handtasche. »Julian weiß nichts davon«, sagte sie, »denn er hätte bestimmt gesagt, ich müßte das den Eccles geben. Aber ich hielt es für besser, es zunächst dir zu zeigen.«
»Ein Gepäckaufbewahrungsschein«, sagte Miss Marple, und nach genauerem Hinsehen: »Vom Bahnhof Paddington.«
»Er hatte eine Rückfahrkarte von London nach Paddington in der Tasche«, sagte Bunch.
Die Blicke der beiden Frauen trafen sich.
»Da muß etwas geschehen«, sagte Miss Marple lebhaft. »Aber es ist wohl ratsam, vorsichtig vorzugehen. Hättest du überhaupt gemerkt, wenn du heute in London verfolgt worden wärest, liebe Bunch?«
»Verfolgt?« rief Bunch aus. »Du glaubst doch wohl nicht im Ernst –«
»Doch, ich halte das durchaus für möglich«, sagte Miss Marple. »Und deshalb sollten wir Vorsichtsmaßnahmen treffen.« Sie stand flink auf. »Angeblich bist du doch hierhergekommen, um Besorgungen zu machen. Darum halte ich es für das beste, daß wir jetzt gemeinsam diese Einkäufe erledigen. Aber bevor wir das Haus verlassen, möchte ich ein, zwei kleine Vorbereitungen treffen. Ich schätze«, fuhr

sie geheimnisvoll fort, »daß ich den alten Tweedmantel mit dem Biberkragen vorläufig nicht brauche.«
Eineinhalb Stunden danach ließen sich die beiden Damen, völlig erschöpft, bepackt mit Päckchen und Paketen voller mühsam erkämpfter Wäschestücke, in einem kleinen und abgelegenen Gasthaus mit dem Namen »Apple Bough« nieder, um ihre Kräfte bei Steak und Nierenpastete, gefolgt von Apfeltorte und Eiscreme zu restaurieren.
»Wirklich eine feine Qualität, diese Handtücher«, japste Miss Marple außer Atem. »Auch noch mit einem J als Monogramm. Welches Glück, daß Raymonds Frau Joan heißt. Dann wird sie sie auch noch gebrauchen können, falls ich eher sterbe, als ich erwarte.«
»Ich brauche die Handtücher wirklich«, sagte Bunch. »Und sie waren billig, obwohl nicht so billig wie die, die die Frau mit den roten Haaren mir vor der Nase wegschnappte.«
Eine hübsche junge Frau mit verschwenderisch benutztem Rouge und Lippenstift betrat in diesem Moment das »Apple Bough«. Nachdem sie sich suchend umgeblickt hatte, eilte sie auf den Tisch der beiden zu. Sie legte ein Kuvert neben Miss Marples Ellbogen.
»Da ist es, Miss«, sagte sie munter.
»Oh, danke, Gladys«, sagte Miss Marple. »Vielen herzlichen Dank. Sehr lieb von Ihnen.«
»Es macht mir Freude, wenn ich Ihnen helfen kann«, sagte Gladys. »Ernie sagt immer ›Alles Gute hast du von dieser Miss Marple gelernt, als du in ihrem Dienst warst‹, und ich freue mich immer, wenn ich Ihnen gefällig sein kann, Miss.«
»Ein liebes Mädchen«, sagte Miss Marple, als Gladys gegangen war. »Immer hilfsbereit und freundlich.«
Sie blickte in das Kuvert und reichte es Bunch. »Jetzt sei sehr vorsichtig, Liebes«, sagte sie. »Übrigens, ist der nette junge Inspektor in Melchester noch da?«
»Ich weiß nicht«, sagte Bunch. »Ich nehme es aber an.«
»Gut, wenn nicht, kann ich immer den Hauptwachtsmeister anrufen. Ich denke, der erinnert sich noch meiner«, sagte

Miss Marple.
»Sicher erinnert er sich«, sagte Bunch. »Niemand kann dich vergessen. Du bist einmalig.« Und sie verabschiedete sich.
In Paddington angekommen, ging Bunch zur Gepäckaufbewahrung und gab ihren Gepächschein ab. Man brachte ihr einen häßlichen alten Koffer, mit dem sie auf den Bahnsteig trat.
Während der Reise nach Hause ereignete sich nichts. Bunch stand auf, als der Zug sich Chipping Cleghorn näherte, und nahm den alten Koffer auf. Sie hatte gerade den Wagen verlassen, als ein Mann den Bahnsteig entlang auf sie zulief, ihr blitzschnell den Koffer aus der Hand riß und damit davonrannte.
»Halt!« schrie Bunch. »Haltet ihn. Er hat meinen Koffer gestohlen.«
Der Beamte am Ausgangsschalter, ein behäbiger, langsamer Mensch auf dieser ländlichen Station, hatte gerade begonnen mit: »Aber, sehen Sie, so etwas dürfen Sie doch nicht tun«, als ein wohlgezielter Schlag auf die Brust ihn beiseite stieß und der Dieb an ihm vorbei aus dem Bahnhof eilte. Er warf den Koffer in ein dort wartendes Auto und wollte gerade einsteigen, als eine schwere Hand auf seine Schulter fiel, und Hauptwachtmeister Abel sagte: »Na, na, was soll das?«
Bunch kam aus dem Bahnhof gelaufen. »Er hat mir den Koffer aus der Hand gerissen«, sagte sie.
»Unsinn, ich weiß gar nicht, wovon diese Dame spricht. Das ist mein Koffer. Ich bin gerade damit aus dem Zug gestiegen.«
»Das wollen wir erst einmal klären«, sagte der Hauptwachtmeister Abel ruhig.
Er sah Bunch mit einem gleichgültigen Blick an. Niemand hätte daraus schließen können, daß der Hauptwachtmeister Abel und Mrs. Harmon lange Stunden in seinem Büro damit verbrachten, die Vorzüge der Düngung von Rosenbüschen mit Knochenmehl zu erörtern.
»Madam, Sie behaupten, das sei Ihr Koffer?« sagte der

Hauptwachtmeister Abel streng.
»Ja«, sagte Bunch. »Das ist meiner.«
»Und Sie, Sir?«
»Ich sage, der Koffer gehört mir.«
Der Mann war groß, dunkel und gut gekleidet, er hatte eine affektierte Sprache und ein hochmütiges Gehabe. Eine weibliche Stimme aus dem Innern des Wagens sagte: »Natürlich ist das dein Koffer, Edwin. Ich verstehe nicht, was diese Frau will.«
»Das werden wir gleich haben«, sagte der Hauptwachtmeister Abel. »Wenn das Ihr Koffer ist, Madam, sagen Sie, was darin ist.«
»Kleider«, sagte Bunch. »Ein langer Tweedmantel mit einem Biberkragen, zwei Wollpullover und ein Paar Schuhe.«
»Das ist deutlich genug«, sagte der Hauptwachtmeister. Er wandte sich fragend an den anderen.
»Ich bin Kostümschneider«, sagte der dunkle Mann wichtig. »Dieser Koffer enthält Theaterkostüme, die ich zu einer Laienaufführung hierhergebracht habe.«
»Gut, Sir«, sagte der Hauptwachtmeister Abel. »Jetzt werden wir einmal einen Blick in den Koffer werfen. Sie gestatten?« Und damit hatte er den Koffer schon in der Hand. »Wir können auf die Polizeiwache gehen, oder, wenn Sie in Eile sind, werden wir ihn auf dem Bahnhof öffnen.«
»Das ist mir recht«, sagte der dunkle Mann. »Mein Name ist übrigens Moss, Edwin Moss.«
Der Hauptwachtmeister ging mit dem Koffer in den Bahnhof zurück. »Ich gehe nur rasch in die Gepäckabfertigung, George«, sagte er zu dem Beamten an der Sperre.
Der Hauptwachtmeister Abel legte den Koffer auf das Bord der Gepäckabfertigung und ließ die beiden Schlösser aufschnappen, die nicht verschlossen waren. Bunch und Mr. Edwin Moss standen neben ihm und warfen sich giftige Blicke zu.
»Also!« sagte der Hauptwachtmeister Abel, als er den Deckel hochhob.
Säuberlich gefaltet lag ein langer Tweedmantel mit einem

Biberkragen darin, zwei wollene Pullover und ein Paar abgetragene Schuhe.
»Genau, wie Sie sagten, Madam«, sagte der Hauptwachtmeister zu Bunch.
Niemand hätte Mr. Edwin Moss nachsagen können, daß er mit seinen Gefühlen hinter dem Berge hielt, seine Enttäuschung und seine Verwunderung waren echt und groß.
»Ich muß mich entschuldigen«, sagte er. »Ich muß mich wirklich entschuldigen. Bitte glauben Sie mir, meine liebe Dame, wenn ich Ihnen versichere, wie leid es mir tut. Mein Benehmen war unverzeihlich – ganz unverzeihlich.« Er sah auf seine Uhr. »Ich muß mich beeilen. Wahrscheinlich ist mein Koffer im Zug geblieben.« Indem er noch einmal seinen Hut zog, sagte er mit schmelzender Stimme zu Bunch: »Verzeihen Sie mir, ach, bitte, verzeihen Sie mir«, und eilte davon.
»Lassen Sie ihn denn so einfach weglaufen?« fragte Bunch in verschwörerischem Flüsterton den Hauptwachtmeister.
Der kniff langsam eines seiner Ochsenaugen zu.
»Er wird nicht weit kommen, Madam«, sagte er, »wenn Sie meine Meinung wissen wollen.«
»Oh!« Bunch war offensichtlich erleichtert.
Der Hauptwachtmeister fuhr fort: »Diese alte Dame hat mich angerufen, die vor ein paar Jahren einmal hier war. Eine großartige Frau, nicht? Den ganzen Tag über hat sich hier allerhand getan. Würde mich nicht wundern, wenn morgen früh der Inspektor oder der Sergeant zu Ihnen käme.«
Es war der Inspektor, der kam, Inspektor Craddock, an den sich Miss Marple so gut erinnerte. Er begrüßte Bunch mit einem Lächeln wie ein alter Freund.
»Wieder mal ein Verbrechen in Chipping Cleghorn«, sagte er munter. »Es mangelt Ihnen hier nicht an Sensationen, was, Mrs. Harmon?«
»Mir wäre weniger noch lieber«, sagte Bunch. »Sind Sie gekommen, um mir Fragen zu stellen, oder wollen Sie mir zur Abwechslung einmal etwas erzählen?«
»Zuerst werde ich Ihnen etwas erzählen«, sagte der Inspek-

tor. »Um es Ihnen gleich vorweg zu sagen: auf Mr. und Mrs. Eccles haben wir schon eine ganze Zeitlang ein Auge geworfen. Wir haben Grund zu der Annahme, daß sie in verschiedene Raubüberfälle verwickelt sind. Übrigens hat Mrs. Eccles wirklich einen Bruder mit Namen Sandbourne, der erst kürzlich aus Amerika zurückgekommen ist. Dieser Mann, den Sie sterbend auf den Altarstufen gefunden haben, ist tatsächlich nicht Sandbourne.«

»Ich wußte, daß er es nicht war«, sagte Bunch. »Sein Vorname war Walter, nicht William, wie die Eccles ihn immer nannten.«

Der Inspektor nickte. »Sein Name war Walter St. John, und er war gerade vor achtundvierzig Stunden aus dem Gefängnis Charington entflohen.«

»Ja, natürlich«, sagte Bunch leise zu sich selbst. »Er wurde von Gesetzes wegen verfolgt, und er suchte hier Schutz, darum seine Worte ›Kirchliches Asyl‹.« Dann fragte sie: »Was hat er denn getan?«

»Dazu muß ich weit ausholen. Die Geschichte ist ziemlich kompliziert. Vor einigen Jahren gab es eine gewisse Tänzerin, die in der Music Hall engagiert war. Ich nehme nicht an, daß Sie jemals von ihr gehört haben, aber sie trat als orientalische Tänzerin auf, und zwar nannte sich ihre Nummer ›Aladin im Juwelenkeller‹. Dazu trug sie kleine Glasperlengehänge und nicht viel mehr.

Ich glaube, sie war keine besonders gute Tänzerin, aber sie war sehr anziehend. Jedenfalls lief ihr eine asiatische Königliche Hoheit über den Weg. Unter anderem gab dieser Mann ihr ein prachtvolles Smaragdkollier.«

»Etwa die historischen Juwelen eines Radscha?« flüsterte Bunch. Inspektor Craddock hüstelte: »Nun ja, vielleicht eine etwas modernere Version, Mrs. Harmon. Die Affäre dauerte nicht sehr lange. Sie brach ab, als die Aufmerksamkeit unseres Potentaten von einem gewissen Filmstar in Anspruch genommen wurde, der nicht ganz so bescheiden war.

Zobeida, um die Tänzerin bei ihrem Künstlernamen zu nennen, trug das Kollier, und nach kurzer Zeit wurde es ihr

gestohlen. Es verschwand aus der Garderobe des Theaters, und die Behörden hatten den Verdacht, sie selbst könnte das Verschwinden arrangiert haben. Solche Sachen kommen vor zur Förderung der Publicity oder auch noch unerfreulicheren Motiven.
Das Kollier ist nie wiederaufgetaucht, doch im Verlauf der Verhandlungen wurde die Aufmerksamkeit der Polizei auf diesen Mann gelenkt, Walter St. John. Er war ein wohlerzogener und gebildeter Mann, der aber heruntergekommen war und der bei einer ziemlich obskuren Firma als Juwelier arbeitete. Die Firma wurde der Hehlerei bei vielen Juwelenrauben verdächtigt.
Es konnte ihm ziemlich einwandfrei nachgewiesen werden, daß das Kollier durch seine Hände gegangen war. Allerdings wurde er wegen eines anderen Juwelenraubes vor Gericht gebracht und ins Gefängnis geschickt. Seine Haftzeit war fast abgelaufen, daher war seine Flucht eine Überraschung.«
»Aber warum kam er hierher?« fragte Bunch.
»Das möchten wir auch sehr gerne wissen, Mrs. Harmon. Wir sind seinen Spuren nachgegangen. Demnach scheint er zuerst in London gewesen zu sein. Er besuchte keinen seiner alten Komplicen, sondern eine alte Frau, eine Mrs. Jacobs, die vorher Kostümschneiderin bei einem Theater gewesen war. Sie sagte nicht, warum er zu ihr kam, aber nach den Aussagen anderer Hausbewohner verließ er das Haus mit einem Koffer.«
»Ich verstehe«, sagte Bunch. »Er hinterließ den Koffer in der Gepäckaufbewahrung von Paddington, und dann kam er hierher.«
»Zu dieser Zeit«, fuhr Inspektor Craddock fort, »waren ihm die Eccles und ein Mann, der sich Edwin Moss nennt, auf der Spur. Sie wollten diesen Koffer. Sie beobachteten, wie er in den Bus stieg, und müssen in einem Auto vorausgefahren sein und gewartet haben, bis er ausstieg.«
»Und dann wurde er ermordet?« sagte Bunch.
»Ja. Er wurde erschossen. Es war Eccles' Revolver, aber ich

glaube eher, es war Moss, der den Schuß abgab. Und nun möchten wir wissen, Mrs. Harmon, wo jetzt der Koffer ist, den Walter St. John tatsächlich am Bahnhof von Paddington aufgegeben hat?«
Bunch grinste. »Tante Jane hat ihn, ich meine Miss Marple. Es war ganz einfach. Sie schickte ein ehemaliges Dienstmädchen mit einem Koffer, in dem alte Kleidungsstücke waren, zur Gepäckaufbewahrung in Paddington, und wir tauschten die Scheine aus. Ich holte ihren Koffer ab und brachte ihn im Zug hierher. Sie schien erwartet zu haben, daß man ihn mir wegnehmen würde.«
Jetzt lachte Inspektor Craddock. »Das sagte sie, als sie anrief. Ich fahre jetzt nach London. Möchten Sie nicht mitkommen, Mrs. Harmon?«
»Tja«, Bunch überlegte. »Eigentlich trifft es sich gut. Ich hatte in der vergangenen Nacht starke Zahnschmerzen, ich müßte unbedingt nach London zu meinem Zahnarzt, finden Sie nicht auch?«
»Ganz bestimmt«, sagte Inspektor Craddock...

Miss Marple sah abwechselnd auf den Inspektor Craddock, dann wieder auf Bunchs neugieriges Gesicht. Der Koffer lag auf dem Tisch. »Natürlich habe ich ihn noch nicht geöffnet«, sagte die alte Dame. »Ich dächte nicht im Traum daran, so etwas zu tun, bis ein Beamter der Polizei dabei wäre. Übrigens«, fügte sie mit einem spitzbübischen Lächeln hinzu, »er ist verschlossen.«
»Haben Sie eine Vermutung, was darin ist, Miss Marple?« fragte der Inspektor.
»Ich denke mir, Sie wissen es«, sagte Miss Marple. »Ich schätze, Zobeidas Theaterkostüm. Möchten Sie einen Meißel, Inspektor?«
Der Meißel hatte bald seine Arbeit getan. Beide Frauen stöhnten leicht auf, als der Koffer aufsprang. Das Sonnenlicht, das durch die Fenster fiel, brach sich in einem unerschöpflichen Schatz aus Tausendundeiner Nacht. Es funkelte wie Juwelen in Rot, Blau, Grün und Orange.

»Aladins Keller«, sagte Miss Marple. »Die glitzernden Juwelen, die das Mädchen beim Tanzen trug.«
»Ah«, sagte Inspektor Craddock. »Jetzt frage ich mich, was ist so kostbar daran, daß ein Mann deswegen ermordet wurde?«
»Sie war ein schlaues Mädchen, nehme ich an«, sagte Miss Marple in Gedanken. »Sie ist tot, nicht wahr, Inspektor?«
»Ja, sie starb vor drei Jahren.«
»Sie hatte doch dieses wertvolle Smaragdkollier«, sagte Miss Marple sinnend. »Sie hat die echten Steine aus ihrer Fassung genommen und hier und da in ihr Kostüm eingenäht, wo jeder sie für Glasperlen halten mußte. Dann ließ sie sich eine Imitation von dem Kollier anfertigen, und die wurde gestohlen. Kein Wunder, daß sie nie auf den Markt kam. Der Dieb mußte bald entdeckt haben, daß die Steine falsch waren.«
»Hier ist ein Kuvert«, sagte Bunch, indem sie die glitzernden Ketten etwas beiseite schob.
Inspektor Craddock hob es heraus und entnahm ihm zwei Dokumente. Er las laut: »Heiratsurkunde von Walter Edmund St. John und Mary Moss. Das war Zobeidas bürgerlicher Name.«
»Sie waren also verheiratet«, sagte Miss Marple. »Jetzt begreife ich.«
»Und was ist das andere?« fragte Bunch.
»Die Geburtsurkunde einer Tochter Juwel.«
»Juwel?« schrie Bunch. »Wieso? Natürlich, Juwel. Jill! Das ist es. Jetzt weiß ich, warum er nach Chipping Cleghorn kam. Das war es, was er mir sagen wollte. Juwel. Die Mundys, ja, natürlich. Laburnam Cottage. Sie haben ein kleines Mädchen in Pflege. Sie behandeln es wie ihr Enkelkind. Ja, jetzt fällt es mir ein, sein Name war Juwel, aber sie haben es Jill genannt.
Mrs. Mundy hatte vor einer Woche einen Schlaganfall, und auch der alte Mann ist sehr krank. Er hat eine Lungenentzündung. Sie sind beide ins Krankenhaus gekommen. Ich habe mich bemüht, Jill bei netten Leuten unterzubringen. Ich wollte nicht, daß man sie in ein Heim steckt.

Jetzt nehme ich an, daß ihr Vater im Gefängnis davon gehört hat und flüchtete. Er holte diesen Koffer von der alten Kostümschneiderin, wo er oder seine Frau ihn hinterlassen hatte. Ich nehme an, die Juwelen gehörten wirklich ihrer Mutter, so daß sie jetzt dem Kind gehören.«
»Das glaube ich auch, Mrs. Harmon. Wenn sie wirklich da sind, diese Juwelen.«
»Oh, sie werden dasein, ganz sicher«, sagte Miss Marple fröhlich.

»Gott sei Dank, daß du wieder da bist, Liebes«, sagte der Vikar Julian Harmon und umarmte seine Frau mit einem Seufzer der Erleichterung. »Mrs. Burt versucht ja wohl, ihr Bestes zu tun, aber heute mittag hat sie mir Fisch vorgesetzt, der – nun ja – sehr eigentümlich schmeckte. Ich wollte sie nicht beleidigen und sagte nichts. Ich gab den Fisch Tiglatpileser, aber nicht einmal er hat ihn angerührt, und da habe ich alles zum Fenster rausgeworfen.«
»Tiglatpileser«, sagt Bunch und streichelte die Katze, die sich schnurrend an ihrem Knie rieb. »Sie ist auch sehr eigen mit Fisch. Ich sage ihr oft, sie hätte einen verwöhnten Magen!«
»Und deine Zähne, Liebling? Hat der Arzt wieder alles gerichtet?«
»Ja«, sagte Bunch. »Es tat gar nicht so sehr weh, und dann bin ich wieder zu Tante Jane gegangen...«
»Liebe, alte Jane«, sagte Julian. »Ich hoffe, es geht ihr gut.«
»O ja, es geht ihr sehr gut«, sagte Bunch und grinste.
Am darauffolgenden Morgen brachte Bunch frische Chrysanthemen in die Kirche. Die Sonne schien durch das Ostfenster, und Bunch stand in dem wie Juwelen funkelnden Licht auf den Altarstufen. Sie sagte sehr leise: »Deinem kleinen Mädchen wird nichts geschehen, ich verspreche es.«
Dann stieg sie die Altarstufen hinunter und kniete in einer Bank nieder, um zu beten, bevor sie wieder in die Pfarrei zurückging, wo sie die Arbeit von drei Tagen aufzuholen hatte.

Die letzte Sitzung

Raoul Daubreuil überquerte die Seine und summte eine kleine Melodie vor sich hin. Er war ein gutaussehender junger Franzose von ungefähr zweiunddreißig Jahren, mit frischer Gesichtsfarbe und einem kleinen schwarzen Schnurrbart. Er war Ingenieur von Beruf. Pünktlich erreichte er das *Cardonet* und betrat es durch eine Tür, über der die Nummer 17 stand. Die *Concierge* sah aus ihrem Glaskasten heraus und brummte ihm ein »Guten Morgen« zu. Fröhlich erwiderte er den Gruß. Dann stieg er die Treppen hinauf zu der Wohnung in der dritten Etage. Als er darauf wartete, daß man ihm auf sein Läuten hin die Tür öffnete, summte er wieder seine kleine Melodie. Raoul Daubreuil fühlte sich an diesem Morgen besonders gut aufgelegt. Die Tür wurde von einer alten Französin geöffnet. Ihr faltiges Gesicht verzog sich zu einem Lächeln, als sie den Besucher erkannte.

»Guten Morgen, Monsieur.«
»Guten Morgen, Elise«, sagte Raoul.
Er betrat die Diele und zog seine Handschuhe aus.
»Madame erwartet mich doch?« fragte er über die Schulter weg.
»Aber gewiß doch, Monsieur.«
Elise schloß die Wohnungstür und wandte sich ihm zu.
»Wenn Monsieur solange in den kleinen Salon gehen möchten. Madame wird in ein paar Minuten bei Ihnen sein. Sie ruht sich etwas aus.«
Raoul sah schnell auf.
»Fühlt sie sich nicht wohl?«
»Wohl?«
Elise schnaufte. Sie ging vor Raoul her und öffnete ihm die

Tür zum kleinen Salon. Er trat ein, und sie folgte ihm.
»*Wohl!*« fuhr sie fort. »Wie sollte sie sich denn nur wohl fühlen, das arme Geschöpf? Sitzungen, Sitzungen und wieder Sitzungen! Es ist nicht recht, nicht natürlich, nicht das, was der liebe Gott von uns erwartet. Wenn Sie mich fragen, dann sage ich es ganz ehrlich, da ist der Teufel mit im Bund.«
Raoul klopfte ihr auf die Schulter.
»Aber, aber, Elise«, sagte er beschwichtigend, »regen Sie sich doch nicht auf, und sehen Sie nicht allzu schnell den Teufel hinter allem, was Sie nicht verstehen.«
Elise schüttelte zweifelnd den Kopf.
»Nun ja«, seufzte sie, indem sie tief Luft holte. »Monsieur kann sagen, was er will, mir gefällt das nicht. Sehen Sie Madame doch an. Jeden Tag wird sie blasser und dünner. Und diese Kopfschmerzen!« Sie warf die Arme hoch. »Ach nein, all dieses Geisterzeug! Das ist nichts Gutes. Überhaupt Geister! Alle guten Geister sind im Paradies, und die anderen sind im Fegefeuer.«
»Ihre Vorstellung vom Leben nach dem Tode ist erfrischend einfach, Elise«, sagte Raoul und ließ sich in einen Sessel fallen.
Die alte Frau straffte sich.
»Ich bin eine gute Katholikin, Monsieur.«
Sie bekreuzigte sich, ging zur Tür, hielt dann inne, eine Hand auf der Klinke: »Später, wenn Sie beide verheiratet sind, Monsieur, wird das doch nicht so weitergehen, all das?« fragte sie.
Raoul lächelte sie freundlich an.
»Sie sind eine gute, gläubige Seele, Elise«, sagte er, »und Sie sind Ihrer Herrin treu ergeben. Haben Sie keine Angst. Wenn sie einmal meine Frau ist, dann hört dieses Geisterzeug auf, wie Sie das nennen. Für Madame Daubreuil wird es keine Sitzungen mehr geben.«
Elises Gesicht strahlte.
»Ist das wirklich wahr?« fragte sie.
Der Mann nickte ernst.

»Ja«, sagte er, mehr zu sich selbst als zu ihr. »Ja, das muß aufhören. Simone hat eine großartige Gabe, und sie hat sie großzügig angewandt, aber jetzt hat sie ihr Teil getan. Wie Sie gerade erwähnt haben, Elise, wird sie Tag für Tag blasser und dünner. Das Leben eines Mediums ist ganz besonders anstrengend und hart, vor allem durch die enorme Nervenbelastung. Nichtsdestoweniger, Elise, Ihre Herrin ist das wunderbarste Medium von Paris – nein, mehr, von Frankreich. Leute aus der ganzen Welt kommen zu ihr, weil sie wissen, daß bei ihr kein Trick und kein Betrug dabei ist.«
Elise gab einen zufriedenen Seufzer von sich.
»Betrug! Ach nein, wirklich nicht. Madame könnte nicht mal ein neugeborenes Baby betrügen, selbst wenn sie es wollte.«
»Sie ist ein Engel«, schwärmte der junge Mann. »Und ich – ich werde alles tun, was ein Mann tun kann, um sie glücklich zu machen. Glauben Sie das nicht?«
Elise straffte sich wieder und sprach mit einfacher Würde: »Ich habe Madame viele Jahre lang gedient, Monsieur. Mit allem Respekt kann ich wohl sagen, ich liebe sie. Wenn ich nicht daran glaubte, daß Sie sie vergöttern, wie sie es verdient – *eh bien*, Monsieur, dann würde ich Ihnen die Glieder einzeln ausreißen.«
Raoul lachte.
»Bravo, Elise! Sie sind eine treue Freundin. Und nun müssen Sie mir auch glauben, was ich Ihnen gesagt habe: Madame wird die Geister in Ruhe lassen.«
Er hatte erwartet, daß die alte Frau über seinen kleinen Witz lachen würde, doch zu seiner Überraschung blieb sie ernst.
»Monsieur, nehmen wir einmal an«, sagte sie zögernd, »die Geister lassen *sie* nicht in Ruhe.«
Raoul sah sie verblüfft an.
»Wie meinen Sie das?«
»Ich sagte«, wiederholte Elise, »nehmen wir einmal an, die Geister lassen Madame nicht in Ruhe.«
»Ich dachte, Sie glauben nicht an Geister, Elise.«

»Nicht mehr«, sagte Elise trotzig. »Es ist töricht, daran zu glauben. Aber trotzdem...«
»Nun?«
»Es fällt mir schwer, das zu erklären, Monsieur. Sehen Sie, ich habe immer gedacht, daß diese Medien, wie Sie sie nennen, einfach raffinierte Betrüger sind. Aber Madame ist nicht so. Madame ist gut. Madame ist ehrlich und –« Sie senkte die Stimme und sprach weiter in einem furchtsamen Ton. »Es geschehen Dinge. Das sind keine Tricks. Es geschehen Dinge, und darum habe ich Angst. Denn eines glaube ich sicher, Monsieur: daß es nicht recht ist. Es ist gegen die Natur und gegen Gott, und irgend jemand wird dafür büßen müssen.«
Raoul sprang aus seinem Sessel auf, ging auf sie zu und klopfte ihr auf die Schulter.
»Beruhigen Sie sich, gute Elise«, sagte er lächelnd. »Hören Sie mal zu, ich werde Ihnen etwas Erfreuliches sagen. Heute ist die letzte dieser Séancen; ab heute abend wird es keine mehr geben.«

»Heute findet also eine statt?« fragte die alte Frau argwöhnisch.
»Die letzte, Elise, die letzte.«
Elise schüttelte traurig den Kopf.
»Madame fühlt sich nicht wohl...«, begann sie.
Aber sie wurde unterbrochen, denn die Tür öffnete sich, und eine große blonde Frau trat ein. Sie war schlank und anmutig. Ihr Gesicht glich dem einer Botticelli-Madonna. Raouls Augen strahlten, und Elise zog sich schnell und diskret zurück.
»Simone!«
Er ergriff ihre schlanken weißen Hände und küßte sie.
»Raoul, mein Liebster.«
Wieder küßte er ihre Hände, dann betrachtete er eingehend ihr Gesicht.
»Simone! Du siehst blaß aus! Elise sagte mir, daß du dich ausgeruht hast. Du bist doch nicht etwa krank, meine

Liebste?«
»Nein, krank nicht...« Sie zögerte.
Er führte sie zum Sofa und setzte sich neben sie.
»Sag mir, was dir fehlt.«
Simone lächelte schwach.
»Du wirst mich für verrückt halten«, flüsterte sie.
»Ich? Dich für verrückt halten? Nein, niemals.«
Simone entzog ihm ihre Hand. Sie saß einen Augenblick vollkommen ruhig und sah auf den Teppich. Dann sagte sie leise und wie gehetzt: »Ich habe Angst, Raoul.«
Er wartete einen Moment, da er dachte, sie würde weitersprechen. Als sie das aber nicht tat, sagte er forsch:
»Aber, aber, wovor denn?«
»Ich weiß nicht – einfach Angst.«
»Aber...«
Er sah sie erstaunt an, und sie begegnete seinem Blick.
»Ja, es ist absurd, nicht wahr? Und doch ist mir so. Angst, sonst nichts. Ich weiß nicht, warum, wovor, doch die ganze Zeit bin ich wie besessen von der Vorstellung, daß mir etwas Schreckliches – ganz Schreckliches zustoßen wird...«
Sie starrte vor sich hin. Raoul legte sanft einen Arm um sie.
»Meine Liebste«, sagte er, »komm, du darfst dich nicht so gehenlassen. Ich weiß, was es ist: Überanstrengung, Simone. Du brauchst Ruhe, das ist alles, Ruhe und Entspannung.«
Sie sah ihn dankbar an.
»Ja, Raoul, du hast recht. Das ist es, was ich brauche, Ruhe und Entspannung.«
Sie schloß die Augen und schmiegte sich ein wenig fester in seinen Arm.
»Und Liebe«, flüsterte Raoul ihr ins Ohr.
Sein Arm zog sie sanft an sich. Simone, noch mit geschlossenen Augen, atmete tief und erlöst.
»Ja«, murmelte sie, »ja. Wenn du mich in deinen Armen hältst, fühle ich mich geborgen. Dann vergesse ich mein Leben, das entsetzliche Leben eines Mediums. Du weißt viel, Raoul, aber selbst du weißt nicht alles, was das bedeutet.«

Er fühlte, wie sich ihr Körper in seiner Umarmung versteifte. Sie öffnete die Augen und blickte starr vor sich hin.
»Man sitzt in der Kabine im Dunkeln, wartet, und das Dunkel ist entsetzlich, Raoul; denn es ist das Dunkel der Leere, des Nichts. Mit großer Willensanstrengung verliert man sich selbst darin. Danach weiß man nichts, man fühlt nichts, aber hinterher kommt die langsame, schmerzvolle Rückkehr, das Erwachen aus dem Schlaf, aber man ist so müde, so furchtbar müde.«
»Ich weiß«, murmelte Raoul, »ich weiß.«
»So müde«, murmelte Simone wieder.
Ihr ganzer Körper schien in sich zusammenzusinken, als sie diese Worte wiederholte.
»Aber du bist großartig, Simone.«
Er nahm ihre Hände in die seinen; er versuchte, etwas von seiner Begeisterung auf sie zu übertragen.
»Du bist einmalig – das größte Medium, das die Welt je gekannt hat.«
Sie schüttelte den Kopf und lächelte ein wenig darüber.
»Doch, doch«, beharrte Raoul.
Er zog zwei Briefe aus seiner Tasche.
»Sieh her, einer von Professor Roche, und dieser von Dr. Genir aus Nancy. Beide bitten darum, daß du gelegentlich weiter für sie Sitzungen abhalten sollst.«
»Nein!«
Simone sprang plötzlich auf.
»Ich will nicht! Ich will nicht! Es muß aufhören – endlich muß Schluß sein. Du hast es mir versprochen, Raoul!«
Raoul sah sie fassungslos an, wie sie dastand und mit den Händen abwehrte und ihn anstarrte wie ein verängstigtes Tier, das sich angegriffen fühlt. Er stand auf und ergriff wieder ihre Hände.
»Aber ja«, sagte er. »Gewiß hört das auf, das ist ja abgesprochen. Aber ich bin so stolz auf dich, Simone. Nur deswegen habe ich dir diese beiden Briefe gezeigt.«
Sie warf ihm einen raschen Seitenblick voll Mißtrauen zu.
»Es ist nicht, weil du willst, daß ich wieder für sie Séancen

abhalte?«
»Nein, nein«, sagte Raoul, »es sei denn, du möchtest es vielleicht selbst, nur so gelegentlich für alte Freunde...«
Sie unterbrach ihn mit erregter Stimme.
»Nein, nein! Nie wieder. Da ist Gefahr. Ich sage dir, ich kann es fühlen. Große Gefahr.«
Sie preßte ihre Hände vor die Stirn, dann ging sie zum Fenster.
»Versprich es mir. Nie wieder!« sagte sie mit ruhigerer Stimme über die Schulter.
Raoul trat zu ihr und legte seine Arme um sie.
»Liebste«, sagte er voll behutsamer Zärtlichkeit, »ich verspreche dir, daß du ab morgen keine Séancen mehr abhalten wirst.«
Er spürte, wie sie zusammenzuckte.
»Ab morgen?« murmelte sie. »Ach ja, ich hatte ganz vergessen. Madame Exe – heute abend.«
Raoul sah auf seine Uhr.
»Sie müßte eigentlich gleich kommen. Aber, Simone, falls du dich nicht wohl fühlst...«
Simone schien ihm kaum zuzuhören. Sie hing ihren eigenen Gedanken nach.
»Sie ist – eine merkwürdige Frau, Raoul, eine ganz merkwürdige Frau. Weißt du – mich ergreift in ihrer Gegenwart fast das Entsetzen.«
»Simone!«
In seiner Stimme lag ein Vorwurf, und sie verstand schnell.
»Ja, ja, ich weiß, du bist wie alle Franzosen, Raoul. Für dich ist eine Mutter etwas Heiliges, und es ist wenig nett von mir, so von ihr zu sprechen, da sie so großen Kummer wegen ihres Kindes hat. Aber – ich kann es nicht erklären, sie ist so groß und so schwarz, und ihre Hände – hast du einmal auf ihre Hände geachtet, Raoul? Große, dicke, starke Hände, so stark wie die eines Mannes!«
Sie schüttelte sich ein wenig und schloß die Augen. Raoul ließ sie los und sagte fast kalt: »Ich kann dich wirklich nicht

verstehen, Simone. Wirklich nicht. Eine Frau sollte doch Mitgefühl für eine Mutter empfinden, der man das einzige Kind genommen hat.«
Simone machte eine ungeduldige Handbewegung.
»Ach, du verstehst mich nicht! Ausgerechnet du nicht, mein Freund! Ich kann mir aber nicht helfen. Vom ersten Moment an, wo ich sie sah, spürte ich...« Sie schlug die Hände vor das Gesicht. »Angst! Erinnerst du dich? Es hatte lange gedauert, bis ich einwilligte, für sie die erste Sitzung abzuhalten. Ich war sicher, daß sie mir auf irgendeine Art Unglück bringt.«
Raoul zuckte die Achseln.
»Tatsache ist, daß sie das genaue Gegenteil zustande brachte«, sagte er trocken. »Alle Sitzungen mit ihr waren ein großartiger Erfolg. Der Geist der kleinen Amelie war sofort fähig, dich zu lenken, und die Materialisierungen waren wirklich schlagend. Professor Roche hätte bei der letzten Sitzung dabeisein sollen.«
»Materialisierungen«, sagte Simone leise. »Sag mir, Raoul, du weißt doch, ich merke nichts von dem, was geschieht, wenn ich in Trance bin. Sind diese Materialisierungen wirklich so wunderbar?«
Er nickte begeistert.
»Bei den ersten Sitzungen wurde die Gestalt des Kindes wie in einer Art Nebelwolke sichtbar«, erklärte er, »aber in der letzten Sitzung...«
»Was war da?«
Er fuhr mit sanfter Stimme fort:
»Simone, das Kind, das da stand, war ein richtiges lebendiges Kind aus Fleisch und Blut. Ich habe es sogar berührt, aber als ich merkte, daß dir diese Berührung große Schmerzen bereitete, habe ich Madame Exe nicht erlaubt, es auch anzufassen. Ich fürchtete, sie könnte die Selbstbeherrschung verlieren, und daß dir etwas zustoßen könnte.«
Simone wandte sich ab.
»Ich war so entsetzlich erschöpft, als ich aufwachte«, murmelte sie. »Raoul, bist du sicher – bist du ganz sicher, daß das

alles wirklich ist? Du weißt, was die gute alte Elise darüber denkt: daß da der Teufel mit im Bunde ist.«
Sie lachte unsicher.
»Du weißt aber auch, was ich darüber denke«, sagte Raoul ernst. »Jeder Umgang mit Unbekannten ist gefährlich, doch der Zweck ist gut und edel, denn der Zweck dient der Wissenschaft. In der ganzen Welt hat es Märtyrer für die Wissenschaft gegeben, Pioniere, die selber den Preis bezahlten, damit andere sicher ihren Fußspuren folgen konnten. Du hast jetzt zehn Jahre lang für die Wissenschaft gearbeitet, und es hat dich ungeheure Nervenbelastung gekostet. Jetzt hast du dein Teil beigetragen. Von heute ab wirst du frei und glücklich sein.«
Sie lächelte ihn liebevoll an. Sie hatte ihre Ruhe wiedergewonnen. Dann sah sie auf die Uhr.
»Madame Exe hat sich verspätet«, murmelte sie. »Vielleicht kommt sie gar nicht.«
»Doch, sie kommt bestimmt«, sagte Raoul. »Deine Uhr geht ein bißchen vor, Simone.«
Simone ging ruhelos im Zimmer umher.
»Ich möchte nur wissen, wer diese Madame Exe ist«, bemerkte sie. »Woher sie kommt. Es ist doch merkwürdig, daß wir nichts über sie wissen.«
Raoul zuckte die Achseln.
»Die meisten Leute bleiben, wenn möglich, inkognito, wenn sie zu einem Medium gehen«, sagte er. »Das gehört zu den elementaren Vorsichtsmaßregeln.«
»Das wird es wohl sein«, stimmte Simone zu.
Eine kleine chinesische Vase, die sie gerade in der Hand hielt, entglitt ihren Fingern und zersprang vor dem Kamin in Scherben. Sie drehte sich rasch zu Raoul um.
»Siehst du«, murmelte sie, »ich bin entsetzlich nervös. Raoul, würdest du mich für sehr – feige halten, wenn ich Madame Exe absage?«
Als sie sein schmerzliches Erstaunen bemerkte, wurde sie rot.
»Du hast es aber doch versprochen, Simone...«, begann er

sanft.
Sie lehnte sich mit dem Rücken gegen die Wand.
»Ich will nicht, Raoul. Ich will nicht!«
Sein vorwurfsvoller Blick ließ sie zusammenfahren.
»Ich denke dabei nicht an das Geld, Simone, obwohl du zugeben mußt, daß die Summe, die sie uns für diese Sitzung angeboten hat, phantastisch ist.«
Sie entgegnete heftig:
»Es gibt Dinge, die wichtiger sind als Geld.«
»Da hast du sicher recht«, pflichtete er bei. »Das sage ich ja die ganze Zeit. Überleg doch einmal – diese Frau ist Mutter, eine Mutter, die ihr einziges Kind verloren hat. Wenn du nicht richtig krank bist, wenn es nur eine Laune deinerseits ist – dann kannst du wohl einer reichen Frau eine Kaprice abschlagen, aber kannst du es einer Mutter verwehren, wenn sie ein letztes Mal ihr Kind sehen will?«
Das Medium streckte verzweifelt die Arme aus.
»Oh, du quälst mich«, flüsterte sie. »Und doch hast du recht. Ich will also tun, was du verlangst, aber jetzt weiß ich, wovor ich solche Angst habe – es ist das Wort Mutter.«
»Simone!«
»Es gibt ganz bestimmte primitive, elementare Kräfte, Raoul. Die meisten davon sind durch den Einfluß der Zivilisation überlagert, aber die Muttergefühle sind noch ebenso stark wie eh und je. Tiere – Menschen, darin sind sie gleich. Die Liebe einer Mutter zu ihrem Kind ist so stark wie nichts anderes in der Welt. Sie kennt keine Gesetze, kein Mitleid, sie wagt alles und tritt rücksichtslos alles nieder, was ihr im Wege steht.«
Sie hielt inne, rang nach Luft, wandte sich dann ihm zu und sagte mit einem flüchtigen, entwaffnenden Lächeln:
»Ich bin heute albern, Raoul, ich weiß.«
Er umarmte sie.
»Leg dich noch ein wenig hin«, drängte er. »Ruh dich aus, bis sie kommt.«
»Ja, du hast recht.« Sie lächelte ihm zu und ging aus dem Zimmer.

Raoul blieb eine Zeitlang in Gedanken verloren stehen. Dann ging er zur Tür, öffnete sie und schritt über den kleinen Flur. Er betrat den Raum auf der anderen Seite des Flurs, ein Wohnzimmer, das dem, das er gerade verlassen hatte, sehr ähnlich sah. Doch hier gab es einen Alkoven, in dem ein großer Sessel stand. Ein schwerer schwarzer Samtvorhang war so angebracht, daß er vor den Alkoven gezogen werden konnte. Elise war damit beschäftigt, den Raum herzurichten. Vor den Alkoven hatte sie zwei Stühle geschoben und einen kleinen runden Tisch. Auf dem Tisch lag ein Tamburin, ein Horn, Papier und Bleistifte.

»Das letze Mal«, murmelte Elise mit grimmiger Zufriedenheit. »Ach, Monsieur, ich wünschte, es wäre schon vergessen und vorbei.«

Die Türglocke schrillte laut.

»Da ist sie, dieser Gendarm«, fuhr die alte Zofe fort. »Warum geht sie nicht in die Kirche und betet, wie es sich gehört, für die Seele ihrer Kleinen?«

»Gehen Sie und öffnen Sie!« befahl Raoul.

Sie warf ihm einen unfreundlichen Blick zu, aber sie gehorchte. Nach wenigen Augenblicken führte sie die Besucherin herein.

»Ich werde Bescheid sagen, daß Sie hier sind, Madame.«

Raoul ging auf Madame Exe zu, um sie zu begrüßen. Simones Worte kamen ihm wieder ins Gedächtnis: ›So groß und so schwarz.‹

Sie war wirklich eine große, mächtige Frau, und das tiefe Schwarz ihrer Trauerkleidung wirkte bei ihr fast übertrieben. Ihre Stimme klang sehr tief, als sie sprach.

»Ich fürchte, ich habe mich etwas verspätet, Monsieur.«

»Die paar Minuten ..., das macht doch nichts«, entgegnete Raoul lächelnd. »Madame Simone hat sich noch etwas hingelegt. Ich muß leider sagen, daß sie sich alles andere als wohl fühlt. Sie ist nervös und völlig erschöpft.«

Ihre Hand, die die seine gerade loslassen wollte, hielt ihn plötzlich fest wie ein Schraubstock.

»Aber sie wird doch die Séance abhalten?« fragte sie

scharf.
»Natürlich, Madame.«
Madame Exe atmete erleichtert auf und sank auf einen Stuhl, wobei sie den schwarzen wallenden Schleier nach hinten warf.
»Ach, Monsieur«, murmelte sie, »Sie können sich gar nicht vorstellen, Sie können das Wunder und die Freude nicht mitempfinden, die ich während dieser Séancen erlebe! Meine Kleine! Meine kleine Amelie! Sie zu hören, sie zu sehen, vielleicht sogar – ja vielleicht sogar – den Arm auszustrecken und sie zu berühren.«
Raoul sprach schnell und bestimmt.
»Madame Exe…, wie soll ich Ihnen das erklären? Auf gar keinen Fall dürfen Sie so etwas tun. Sie müssen sich strikt an meine Anweisungen halten, andernfalls besteht die allergrößte Gefahr.«
»Gefahr für mich?«
»Nein, Madame«, sagte Raoul, »nicht für Sie, aber für das Medium.«
Madame Exe schien wenig beeindruckt.
»Sehr interessant, Monsieur. Sagen Sie, könnte nicht einmal die Zeit kommen, wo die Materialisierung so weit fortschreitet, daß sie fähig ist, sich von ihrem Ursprung, dem Medium, zu lösen?«
»Ist das Ihre phantastische Hoffnung, Madame?«
Sie fragte beharrlich weiter:
»Aber ist das denn so unmöglich?«
»Ganz unmöglich, heute noch!«
»Aber vielleicht in der Zukunft?«
Er wurde der Antwort enthoben, denn in diesem Moment trat Simone ein. Sie sah erschöpft und bleich aus, aber sie hatte ihre Selbstbeherrschung offensichtlich wiedergewonnen. Sie ging auf Madame Exe zu und reichte ihr die Hand. Raoul bemerkte das Zittern, das sie dabei überlief.
»Es tut mir leid, daß Sie sich nicht wohl fühlen, Madame«, sagte Madame Exe.
»Ach, es ist nichts«, erwiderte Simone fast barsch. »Wollen

wir anfangen?«
Sie ging zu dem Alkoven und setzte sich in den Sessel. Plötzlich verspürte Raoul, wie eine Welle der Angst ihn überflutete. »Du bist nicht auf der Höhe deiner Kräfte«, sagte er. »Wir sollten diese Séance besser auf später verschieben. Madame Exe wird sicher dafür Verständnis haben.«
»Monsieur!« Madame Exe erhob sich empört. »Madame Simone versprach mir eine letzte Sitzung.«
»So ist es«, sagte Simone ruhig. »Und ich bin bereit, mein Versprechen zu halten.«
»Das verlange ich auch«, sagte die andere Frau.
»Ich breche mein Wort nicht«, sagte Simone kalt. »Hab keine Angst, Raoul«, fügte sie freundlich hinzu. »Es ist ja das letzte Mal – das allerletzte Mal, Gott sei Dank.«
Auf ein Zeichen von ihr zog Raoul den schweren schwarzen Vorhang vor den Alkoven. Er zog auch die Vorhänge vor das Fenster, so daß der Raum im Halbdunkel lag. Er wies auf einen der Stühle, auf dem Madame Exe Platz nehmen sollte, und wollte selbst gerade auf dem anderen Platz nehmen. Aber Madame Exe zögerte.
»Bitte, entschuldigen Sie, Monsieur, aber – Sie müssen verstehen, ich glaube an Ihre absolute Ehrlichkeit und auch an die von Madame Simone. Trotz allem, damit meine Zeugenaussage mehr Bedeutung hat, habe ich mir erlaubt, dies hier mitzubringen.«
Aus ihrer Handtasche zog sie eine lange dünne Schnur.
»Madame!« rief Raoul. »Das ist eine Beleidigung!«
»Eine Vorsichtsmaßnahme.«
»Ich wiederhole: eine Beleidigung.«
»Ich verstehe Ihren Einwand nicht, Monsieur«, sagte Madame Exe kalt. »Wenn das alles kein Betrug ist, haben Sie doch nichts zu befürchten.«
Raoul lachte verächtlich.
»Ich kann Ihnen versichern, daß Sie nichts zu befürchten haben, Madame. Binden Sie mir Hände und Füße, wenn Sie wollen.«
Seine Worte hatten nicht die Wirkung, die er erhofft hatte,

denn Madame Exe murmelte ungerührt:
»Danke, Monsieur« und ging mit der Schnur in der Hand auf ihn zu.
Plötzlich hörte man von Simone hinter dem Vorhang einen Schrei.
»Nein, nein, Raoul, das darfst du nicht zulassen!«
Madame Exe lachte höhnisch.
»Sie haben wohl Angst, Madame?« bemerkte sie sarkastisch.
»Ja, ich habe Angst.«
»Überlege dir, was du sagst, Simone«, sagte Raoul. »Madame Exe denkt offensichtlich, daß wir Scharlatane sind.«
»Ich muß sichergehen«, sagte Madame Exe.
Unter diesem Vorwand setzte sie ihre Absicht in die Tat um, indem sie Raoul an seinem Stuhl festband.
»Ihre Knoten sind zu bewundern, Madame«, bemerkte er ironisch, als sie fertig war. »Sind Sie jetzt zufrieden?«
Madame Exe erwiderte nichts darauf. Sie ging im Zimmer umher und untersuchte eingehend die Holztäfelung der Wand. Dann schloß sie die Tür zum Flur ab und kehrte, nachdem sie den Schlüssel eingesteckt hatte, zu ihrem Stuhl zurück.
»Jetzt«, sagte sie mit einer Stimme, die nicht zu beschreiben war, »bin ich fertig.«
Die Minuten vergingen. Hinter dem Vorhang hörte man Simones Atemzüge schwerer und angestrengter werden. Dann hörte man nichts mehr als ein Stöhnen, mehrere Male. Dann herrschte wieder Schweigen für eine kleine Weile, die vom plötzlichen Schlagen des Tamburins unterbrochen wurde. Das Horn wurde vom Tisch gehoben und auf den Fußboden geschleudert. Der Vorhang vor dem Alkoven schien ein wenig zurückgezogen worden zu sein. Man sah nur das Gesicht des Mediums durch den Spalt hindurch. Der Kopf war vornüber auf die Brust gefallen. Plötzlich hielt Madame Exe den Atem an. Ein Nebelgebilde erschien vor dem Medium, verdichtete sich und begann langsam Form anzunehmen, die Gestalt eines kleinen Kindes.

»Amelie! Meine kleine Amelie!«
Das heisere Flüstern kam von Madame Exe. Die verschwommene Gestalt verdichtete sich weiter. Raoul starrte fast ungläubig darauf. Niemals vorher hatte er einer so erfolgreichen Materialisierung beigewohnt. Jetzt, jetzt war es ein richtiges Kind, ein Kind aus Fleisch und Blut, das da stand.
»Mama!«
Die kindliche Stimme hatte das geflüstert.
»Mein Kind!« schrie Madame Exe. »Mein Kind!«
Sie erhob sich von ihrem Stuhl.
»Seien Sie vorsichtig, Madame«, warnte Raoul.
Zögernd trat die Erscheinung durch den Vorhang hindurch. Es war ein Kind. Es stand da und streckte die Arme aus.
»Mama!«
»Madame!« schrie Raoul entsetzt. »Das Medium...«
»Ich muß es anfassen«, keuchte Madame Exe.
Sie machte einen Schritt nach vorn.
»Um Gottes willen, Madame, beherrschen Sie sich!« schrie Raoul. Jetzt begann ihn Panik zu ergreifen. »Setzen Sie sich sofort wieder hin.«
»Mein Kleines, ich muß sie berühren.«
»Madame, ich befehle Ihnen, setzen Sie sich!«
Er riß und zerrte an seinen Fesseln. Aber Madame Exe hatte gute Arbeit geleistet, er war hilflos. Die schreckliche Vorahnung von etwas Grauenhaftem überkam ihn.
»Im Namen Gottes, Madame, setzen Sie sich!« brüllte er. »Denken Sie an das Medium.«
Madame Exe hatte keine Ohren für ihn. Sie war wie verwandelt. Ekstase und Entzücken spiegelten sich auf ihrem Gesicht. Ihre ausgestreckte Hand berührte das kleine Gesicht, das im Spalt des Vorhangs stand. Ein schreckliches Stöhnen kam von dem Medium.
»Mein Gott!« schrie Raoul. »Mein Gott! Das ist ja grauenhaft. Das Medium...«
Madame Exe wandte sich ihm mit hartem Lachen zu.
»Was geht mich Ihr Medium an?« schrie sie. »Ich will mein Kind.«

»Sie sind wahnsinnig!«
»Es ist mein Kind. Hören Sie. Mein eigenes Fleisch und Blut! Mein Kleines, komm zurück zu mir, komm zu deiner Mama.«
Raoul öffnete den Mund, aber er brachte keinen Laut hervor. Die Lippen des Kindes öffneten sich, und wieder hörte man das Wort: »Mama!«
»Dann komm, mein Kleines, komm!« schrie Madame Exe. Und mit einer heftigen Bewegung riß sie das Kind in ihre Arme. Hinter dem Vorhang hörte man den langgezogenen Schrei grenzenloser Angst.
»Simone!« schrie Raoul. »Simone!«
Er bemerkte nur am Rande, daß Madame Exe an ihm vorbeihastete, daß sie die Tür aufschloß. Dann hörte er Schritte, die sich immer weiter entfernten und die Treppen hinunterliefen.
Vom Vorhang her drang ein schrecklicher langgezogener Schrei – ein Schrei, wie Raoul ihn vorher niemals gehört hatte. Er erstarb in einem entsetzlichen Röcheln. Dann hörte man den dumpfen Aufschlag eines Körpers ...
Raoul arbeitete wie ein Wahnsinniger, um sich von seinen Fesseln zu befreien. In seiner Todesangst vollbrachte er das Unmögliche: er zerriß die Schnur. Als er auf die Füße sprang, stürzte Elise herein. »Madame!«
»Simone!« schrie Raoul.
Zusammen stürzten sie zum Vorhang und rissen ihn zur Seite.
»Mein Gott«, keuchte er. »Rot – alles rot ...«
Elises Stimme hinter ihm klang böse und zitternd.
»Madame ist tot. Es ist zu Ende. Aber sagen Sie doch, Monsieur, was ist geschehen? Warum ist Madame so zusammengeschrumpft – warum ist sie nur halb so groß? Was ist hier vorgefallen?«
»Ich weiß es nicht«, stöhnte Raoul.
Seine Stimme wurde zu einem Kreischen.
»Ich weiß es nicht. Ich weiß es nicht. Aber ich glaube – ich werde wahnsinnig ... Simone! Simone!«

Die Doppelsünde

Als ich das Zimmer meines Freundes Poirot betrat, fand ich ihn in bemitleidenswert überarbeitetem Zustand vor. Er war so sehr in Mode gekommen, daß jede reiche Frau, die ein Armband verlegt oder ihre Lieblingskatze verloren hatte, zu dem berühmten Hercule Poirot eilte, um seine rettenden Dienste in Anspruch zu nehmen. Mein kleiner Freund war eine eigentümliche Mischung aus flämischer Sparsamkeit und künstlerischer Begeisterungsfähigkeit. Viele Fälle nahm er an, die ihn persönlich wenig interessierten, die jedoch seiner erstgenannten Eigenschaft zugute kamen.

Andererseits übernahm er oft Fälle, die ihm wenig oder gar nichts einbrachten, die ihn aber faszinierten. Das Ergebnis war, wie ich schon sagte, daß er völlig überarbeitet war. Er gab das sogar selber zu, und es fiel mir nicht schwer, ihn zu überreden, mit mir eine Woche Ferien in dem berühmten Badeort Ebermouth an der Westküste Englands zu machen.

Wir hatten dort gerade sehr angenehme Tage verbracht, als Poirot mit einem geöffneten Brief in der Hand zu mir kam.

»*Mon ami,* du erinnerst dich an meinen Freund Joseph Aarons, den Theateragenten?«

Nach kurzem Überlegen nickte ich. Poirot hat so viele unterschiedliche Freunde, vom Straßenkehrer bis zum Herzog.

»*Eh bien,* Hastings, dieser Joseph Aarons ist zur Zeit in Charlock Bay. Es geht ihm gar nicht gut, und wie es scheint, ist da eine Sache, die ihm sehr zu schaffen macht. Er bittet mich um meine Hilfe. Ich denke, *mon ami,* daß ich ihm beistehen muß. Er ist ein treuer Freund, dieser gute Joseph Aarons, und er hat mir früher einmal sehr geholfen.«

»Gewiß, wenn du meinst«, sagte ich. »Übrigens soll Charlock Bay ein sehr hübscher Ort sein. Ich bin selber noch nie dort gewesen.«
»Dann können wir ja das Nützliche mit dem Angenehmen verbinden«, sagte Poirot. »Würdest du dich um die Zugverbindungen kümmern?«
»Wir werden da wahrscheinlich ein- oder zweimal umsteigen müssen«, sagte ich und verzog das Gesicht. »Du weißt doch, wie das mit diesen Bummelzügen ist, die quer durchs Land fahren. Sie brauchen von der Küste im Norden von Devon bis zur Küste im Süden unter Umständen einen ganzen Tag.«
Bei der Auskunft erfuhr ich jedoch, daß die Zugverbindung gut war und wir nur einmal in Exeter umzusteigen hatten. Ich eilte gerade mit dieser erfreulichen Nachricht zu Poirot zurück, als ich zufällig an einem Reisebüro für Omnibusausflüge ein Plakat las:
Morgen. Ganztagsausflüge nach Charlock Bay. Abfahrt: acht Uhr dreißig quer durch die schönsten Landschaften von Devon.
Ich erkundigte mich noch nach den Einzelheiten und kehrte begeistert ins Hotel zurück. Leider stellte sich heraus, daß Poirot mein Entzücken kaum teilte.
»Mein Freund, warum nur diese Leidenschaft für Omnibusse? Der Zug, siehst du, das ist eine sichere Sache. Da können die Reifen nicht platzen, da passieren keine Unglücke. Man wird auch von keiner Zugluft belästigt. Da kann man die Fenster einfach schließen.«
Ich wagte vorsichtig zu bemerken, daß gerade die frische Luft für mich den größten Vorteil bei Busfahrten ausmachte.
»Und wenn es regnet? Das Wetter bei euch in England ist so unbeständig.«
»Dazu gibt es doch ein Verdeck und all das. Übrigens, wenn es allzu heftig regnet, fällt die Fahrt aus.«
»Ah«, sagte Poirot. »Dann wollen wir hoffen, daß es regnet.«

»Wenn deine Abneigung natürlich so groß ist...«
»Nein, nein, *mon ami*. Ich sehe doch, wie dein Herz an diesem Busausflug hängt. Gott sei Dank habe ich meinen langen Regenmantel und zwei wollene Schals mitgebracht.« Er seufzte. »Aber werden wir denn auch genügend Zeit in Charlock Bay haben?«
»Nun, ich fürchte, wir werden eine Nacht dort verbringen müssen. Die Tour geht allerdings über Dartmoor wieder zurück. Wir werden in Monkhampton zu Mittag essen. Gegen vier Uhr kommen wir in Charlock Bay an, und der Bus fährt gegen fünf weiter. Abends um zehn ist er dann wieder hier.«
»Soso!« sagte Poirot. »Und es gibt also Leute, denen so was Freude macht. Wir werden natürlich eine Fahrpreisermäßigung bekommen, wenn wir auf die Rückfahrt verzichten?«
»Ich glaube kaum, daß das geht.«
»Du mußt darauf bestehen.«
»Aber Poirot, sei nicht so garstig. Du weißt genau, das ist knauserig.«
»Mein Freund, das hat mit ›Garstigkeit‹ gar nichts zu tun. Das ist mein Wirtschaftssinn. Wenn ich Millionär wäre, würde ich auch nur das bezahlen, was gerecht und richtig ist.«
Wie ich jedoch vorhergesehen hatte, mußte Poirot in dieser Hinsicht eine Enttäuschung einstecken. Der Herr in dem Reisebüro war ruhig und freundlich, aber stahlhart. Er vertrat den Standpunkt, daß die Karten nur für die komplette Rundreise gelten. Er meinte sogar, daß wir eigentlich einen Extrapreis zahlen müßten für das Privileg, in Charlock Bay bleiben zu können.
Besiegt zahlte Poirot die geforderte Summe und verließ leicht grollend das Reisebüro.
»Ihr Engländer habt keinen Sinn für Geld«, murrte er. »Hast du den jungen Mann bemerkt, Hastings, der den vollen Fahrpreis zahlte und dabei noch erwähnte, er steige schon in Monkhampton aus?«
»Nein, ich glaube nicht. Äh, ich habe...«

»Ja, ja, du hast die ganze Zeit die hübsche junge Dame angestarrt, die den Sitz Nummer fünf, neben den unseren, gebucht hat. Ah! Ja, mein Freund, mir ist das keineswegs entgangen. Als ich die Plätze dreizehn, vierzehn buchte, die in der Mitte und daher die sichersten sind, hast du dich nur aus diesem Grunde so brutal vorgedrängt und behauptet, die Sitze drei und vier wären viel besser.«
»Wirklich, Poirot«, sagte ich und spürte, wie ich rot wurde.
»Kastanienbraunes Haar – immer das kastanienbraune Haar!«
»Jedenfalls lohnte sich ein Blick auf sie mehr als einer auf den komischen jungen Mann.«
»Das kommt auf den Standpunkt an. Für mich war der junge Mann interessant.«
Etwas, wie es schien, wirklich Interessiertes in seinem Tonfall veranlaßte mich, ihn rasch anzusehen. »Wieso? Warum meinst du?«
»Oh, nun reg dich nicht auf. Vielleicht interessierte er mich, weil er versucht, sich einen Schnurrbart wachsen zu lassen, und weil das Ergebnis so kläglich ist.« Poirot strich sich zärtlich über seine eigene prachtvolle Manneszierde. »Es ist eine Kunst«, murmelte er, »einen Schnurrbart wachsen zu lassen! Ich hege Sympathie für alle, die das versuchen.«
Oft ist es schwierig herauszufinden, ob Poirot es ernst meint oder ob er sich nur auf Kosten des anderen lustig macht. Ich hielt es für das sicherste, nichts mehr zu sagen.
Die nächste Morgendämmerung kündigte einen strahlenden und sonnigen Tag an. Einen wahrhaft prachtvollen Tag! Poirot jedoch ging kein Risiko ein. Er trug eine Wollweste, einen dicken Mantel und zwei Wollschals und darüber eine Regenhaut, zusätzlich zu dem dicken Anzug, seinem wärmsten, den er hatte. Er schluckte noch zwei Grippe-Vorbeugungstabletten und steckte weiteren Vorrat ein.
Wir nahmen jeder einen kleinen Koffer für das Nachtzeug mit. Das hübsche Mädchen, das wir am Tage vorher gesehen hatten, trug auch einen kleinen Koffer, ebenso der junge Mann, der, wie ich dachte, Poirots Sympathie erworben

hatte. Die anderen Reisegäste hatten kein Gepäck. Die vier Koffer wurden vom Fahrer im Gepäckraum verstaut, und wir nahmen unsere Plätze ein.
Poirot wies mir ziemlich boshaft den äußeren Platz an, da »dort die meiste frische Luft« sei, und dann ließ er sich selbst neben unserer schönen Nachbarin nieder. Aber bald schon machte er alles wieder gut. Der Mann auf Platz sechs war ein lauter Bursche, der witzig sein wollte, aber nur lärmend war, und Poirot fragte das Mädchen leise, ob sie den Platz mit ihm tauschen wolle. Sie nahm dankbar an, und es dauerte nicht lange, da plauderten wir drei auf das munterste.
Sie war offensichtlich noch sehr jung, kaum über neunzehn Jahre alt, und offen wie ein Kind. Bald schon vertraute sie uns den Grund ihrer Reise an. Sie war geschäftlich für ihre Tante unterwegs, die in Ebermouth einen sehr interessanten Antiquitätenladen führte.
Diese Tante war nach dem Tod ihres Vaters in sehr armen Verhältnissen zurückgeblieben und hatte das kleine Kapital und ein Haus voller hübscher Sachen, die ihr Vater ihr hinterlassen hatte, verwandt, um damit das Geschäft zu gründen. Der Erfolg hatte ihr einen guten Namen in dieser Branche gemacht. Das Mädchen, Mary Durrant, war zu ihrer Tante gekommen, um bei ihr in die Lehre zu gehen, und war ganz begeistert davon. Sie schätzte es weit mehr als die andere Alternative, eine Kindererzieherin oder Gesellschafterin zu werden.
Poirot nickte zu alledem interessiert und zustimmend mit dem Kopf.
»Mademoiselle werden auch sehr viel Erfolg haben, ich bin sicher«, sagte er galant. »Aber ich möchte Ihnen einen Rat geben: Seien Sie nicht allzu vertrauensvoll, Mademoiselle. Überall in der Welt gibt es Halunken und Vagabunden, vielleicht sogar in diesem Bus hier. Man sollte immer vorsichtig sein, immer wachsam.«
Sie starrte ihn mit offenem Mund an, und er nickte weise.
»Aber ja, es ist so, wie ich Ihnen sage. Wer weiß? Sogar ich, der ich jetzt mit Ihnen spreche, könnte doch ein Bösewicht

der übelsten Sorte sein.«
Und seine Augen funkelten, als ihn ihr überraschter Blick traf. Zum Mittagessen machten wir in Monkhampton Station, und nach ein paar Worten mit dem Ober hatte Poirot es erreicht, daß uns ein kleiner Tisch für drei Personen am Fenster zugewiesen wurde. Auf dem großen Hof parkten reihenweise Wagen, die aus dem ganzen Land gekommen waren. Der Speisesaal war überfüllt und der Lärm beträchtlich.
»Da kommt man erst richtig in Ferienstimmung«, sagte ich mit einer Grimasse.
Mary Durrant stimmte zu. »Ebermouth ist im Sommer heutzutage ganz verseucht. Meine Tante sagte, vorher sei das ganz anders gewesen. Man kommt auf dem Bürgersteig gar nicht mehr voran vor lauter Gedränge.«
»Aber es ist gut für das Geschäft, Mademoiselle.«
»Ach, für unseres nicht so sehr. Wir verkaufen nur seltene und wertvolle Sachen. Mit billigem Krimskrams geben wir uns nicht ab. Meine Tante hat Kunden in ganz England. Wenn sie einen Tisch aus einer bestimmten Stilepoche möchten oder ein gewisses Stück Chinaporzellan, dann schreiben sie das meiner Tante, und die besorgt es für sie. So war es auch in diesem Fall.«
Wir sahen sie interessiert an, und sie berichtete weiter. Ein Herr aus Amerika, Mr. J. Baker Wood, sei ein Kenner und Sammler von Miniaturen. Neulich sei ein sehr wertvoller Satz Miniaturen auf den Markt gekommen, und Miss Elizabeth Penn, Marys Tante, hatte ihn gekauft. Dann hatte sie Mr. Wood benachrichtigt, ihm die Miniaturen beschrieben und ihm den Preis genannt. Er hatte sofort geantwortet und sich bereit erklärt, sie zu kaufen, falls sie der Beschreibung entsprächen. Er hatte gebeten, sie zur Ansicht nach Charlock Bay zu bringen, wo er sich gerade aufhielt. Miss Durrant war also dorthin als Vertreterin der Firma unterwegs.
»Sie sind zwar bezaubernd, sicher«, sagte sie. »Dennoch kann ich mir nicht vorstellen, daß jemand so viel Geld dafür bezahlen will. Fünfhundert Pfund! Denken Sie bloß! Sie sind

von Cosway. Ich meine, es sind echte Cosways. Mir dreht sich der Kopf von all dem Zeug.«
Poirot lächelte. »Sie haben wohl noch nicht sehr viel Erfahrung, wie, Mademoiselle?«
»Ich hatte vorher ja nie mit diesen Dingen zu tun«, sagte Mary kläglich. »In meiner Ausbildung kam so etwas nicht vor. Ich muß eine ganze Menge lernen.«
Sie seufzte. Dann plötzlich sah ich, wie sich ihre Augen vor Entsetzen weiteten. Sie saß dem Fenster direkt gegenüber, und ihr Blick war jetzt starr auf den Parkplatz gerichtet. Mit einem hingeworfenen Wort der Entschuldigung sprang sie auf und rannte aus dem Speisesaal. Nach wenigen Augenblicken kam sie wieder zurück, atemlos und verlegen.
»Es tut mir leid, daß ich eben so weggerannt bin. Aber ich dachte, ich hätte einen Mann gesehen, wie er meinen Koffer aus dem Bus holte. Es war aber sein eigener, der meinem Koffer ähnlich sieht. Es war mir schrecklich peinlich. Es sah ja so aus, als hätte ich ihn des Diebstahls bezichtigt.«
Sie lachte bei dem Gedanken.
Poirot jedoch lachte nicht. »Was war das für ein Mann? Beschreiben Sie ihn mir.«
»Er trug einen braunen Anzug. Ein dünner, schwächlicher junger Mann mit einem unentschlossenen Schnurrbart.«
»Aha«, sagte Poirot. »Unser Freund von gestern, Hastings. Sie kennen diesen jungen Mann, Mademoiselle. Haben Sie ihn vorher gesehen?«
»Nein, niemals. Warum?«
»Nichts. Es ist recht merkwürdig – das ist alles.«
Er wurde sehr schweigsam und nahm an unserer Unterhaltung nicht weiter teil, bis Mary Durrant etwas sagte, was seine Aufmerksamkeit erregte.
»Ach, Mademoiselle, was sagten Sie gerade?«
»Ich sagte, auf meiner Rückreise müsse ich mich vor ›Bösewichtern‹, wie Sie das nennen, hüten. Ich glaube, Mr. Wood bezahlt immer in bar. Wenn ich fünfhundert Pfund in Banknoten bei mir habe, könnte ich einem solchen Bösewicht wohl beachtenswert erscheinen.«

Sie lachte wieder, aber Poirot antwortete nicht. Statt dessen fragte er sie, in welchem Hotel in Charlock Bay sie abzusteigen gedenke.
»Im Hotel Anker. Es ist klein und nicht teuer, aber sehr gut.«
»So«, sagte Poirot. »Das Hotel Anker. Genau das Hotel, in dem auch mein Freund Hastings hier übernachten wollte. Wie drollig!«
Er zwinkerte mir zu.
»Bleiben Sie lange in Charlock Bay?« fragte Mary.
»Nur eine Nacht. Ich habe da etwas Geschäftliches zu erledigen. Ich glaube kaum, daß Sie erraten würden, was ich für einen Beruf habe.«
Ich sah Mary einige Möglichkeiten erwägen und wieder verwerfen, wahrscheinlich aus einem Gefühl der Vorsicht heraus. Schließlich wagte sie die Annahme, Poirot könne Zauberer sein. Er war höchst amüsiert darüber.
»Ach! Das ist ja eine Idee! Sie glauben, ich hole Kaninchen aus Hüten? Nein, Mademoiselle. Ich bin genau das Gegenteil von einem Zauberer. Der Zauberer läßt Dinge verschwinden. Ich sorge dafür, daß Dinge, die verschwunden sind, wiederauftauchen.« Er beugte sich dramatisch nach vorn, um seinen Worten größere Wirkung zu verleihen. »Es ist ein Geheimnis, Mademoiselle, aber Ihnen will ich es sagen, ich bin ein Detektiv.«
Er lehnte sich wieder auf seinen Stuhl zurück, zufrieden mit der Wirkung, die seine Worte erzielt hatten. Mary Durrant starrte ihn mit unverhohlener Verblüffung an. Doch die weitere Unterhaltung wurde unterbrochen, denn eine Hupe draußen verkündete, daß das Straßenmonstrum zur Weiterfahrt drängte.
Als Poirot und ich den Speiseraum zusammen verließen, bemerkte ich, wie charmant unsere Speisegesellschaft sei.
»Ja, sie ist charmant. Aber findest du nicht auch, daß sie ein wenig dumm ist?«
»Dumm?«
»Nun, sei nicht gleich eingeschnappt. Ein Mädchen kann

hübsch sein und kastanienbraunes Haar haben und gleichzeitig dumm sein. Es ist doch die Höhe der Dummheit, zwei völlig Fremde so ins Vertrauen zu ziehen.«
»Nun, sie konnte ja schließlich sehen, daß wir in Ordnung sind.«
»Was du da sagst, mein Freund, ist Blödsinn. Jeder, der etwas von diesem Geschäft versteht, wird natürlich erscheinen, als ob er ›in Ordnung‹ wäre. Die Kleine quasselte, sie müsse aufpassen, wenn sie fünfhundert Pfund bei sich habe. Aber jetzt hat sie doch genausogut fünfhundert Pfund im Koffer.«
»In Miniaturen.«
»Genau das. In Miniaturen. Und zwischen dem einen und dem anderen besteht ja wohl ein so großer Unterschied nicht, *mon ami.*«
»Aber niemand außer uns weiß davon.«
»Nur der Kellner und ein paar Gäste an den Nachbartischen. Und zweifellos auch einige Leute in Ebermouth! Mademoiselle Durrant ist charmant, aber wenn ich Miss Elizabeth Penn wäre, dann würde ich meiner neuen Helferin zunächst einmal Nachhilfestunden in gesundem Menschenverstand erteilen.« Er schwieg einen Augenblick und fuhr dann nachdenklich fort. »Weißt du, mein Freund, es wäre das leichteste von der Welt, einen Koffer aus dem Bus zu holen, während wir alle beim Essen waren.«
»Ach, Poirot, komm, das würde doch jemand sehen.«
»Ja, und was würde dieser Jemand denken? Doch zweifellos, daß da einer sein Gepäck herausholt. Denn er würde das ganz offen und selbstverständlich tun, und niemand würde sich da einmischen.«
»Meinst du etwa – aber Poirot – es war doch sein eigener Koffer, oder?«
Poirot runzelte die Stirn. »Es scheint so. Trotz allem ist es merkwürdig. Er hat nicht seinen Koffer abgeholt, als der Bus hier einfuhr. Und ist dir nicht aufgefallen, daß er nicht hier zum Essen war?«
»Wenn Miss Durrant nicht zufällig am Fenster gesessen

hätte, könnte sie ihn nicht bemerkt haben«, sagte ich langsam.
»Aber da es sein eigener Koffer war, bedeutet es gar nichts«, sagte Poirot. »Also brauchen wir an diese Sache keinen Gedanken zu verschwenden, *mon ami.*«
Als wir unsere Plätze wieder eingenommen hatten und in voller Geschwindigkeit dahinbrausten, konnte er es dann doch nicht lassen, Mary Durrant eine weitere Lektion über die Gefahren der Indiskretion zu erteilen. Sie hörte zwar mit ernstem Gesicht zu, schien aber dennoch alles als einen Scherz aufzufassen. Um vier Uhr kamen wir in Charlock Bay an und hatten tatsächlich das Glück, im Hotel Anker noch zwei Einzelzimmer zu bekommen. Es war eins jener liebenswürdigen Gasthäuser aus alter Zeit, das in einer stillen Nebenstraße lag.
Poirot hatte gerade seine Sachen ausgepackt und ließ seinem Schnurrbart ein wenig Pflege zukommen, ehe er zu Joseph Aarons ging, als verzweifelt an die Tür geklopft wurde. Ich rief: »Herein«, und zu meinem größten Erstaunen erschien Mary Durrant mit weißem Gesicht und Tränen in den Augen.
»Ach bitte, entschuldigen Sie – aber – aber – es ist etwas ganz Entsetzliches passiert. Und Sie sagten doch, Sie seien Detektiv.«
Das sagte sie zu Poirot.
»Was ist passiert, Mademoiselle?«
»Ich habe gerade meinen Koffer geöffnet. Die Miniaturen waren in einer Krokodilreisetasche – verschlossen natürlich. Und jetzt – sehen Sie nur.«
Sie hielt uns eine kleine, viereckige Krokodilledertasche entgegen. Der Deckel hing lose herunter. Poirot nahm die Tasche in die Hand. Das Schloß war gewaltsam aufgebrochen worden. Die Spuren verrieten das deutlich genug. Poirot prüfte alles genau und nickte.
»Und die Miniaturen?« fragte er, obwohl wir beide die Antwort bereits kannten.
»Weg! Gestohlen. Oh, was soll ich nur tun?«

»Machen Sie sich keine Sorgen«, sagte ich. »Mein Freund ist Hercule Poirot. Sicher haben Sie den Namen schon gehört. Wenn irgend jemand Ihnen helfen kann, die Miniaturen wiederzubekommen, dann er.«
»Monsieur Poirot? Der berühmte Monsieur Poirot?«
Poirot war eitel genug, sich über die deutlich spürbare Bewunderung in ihrer Stimme zu freuen. »Ja, mein Kind«, sagte er. »Ich bin es, ich selbst. Und Sie können getrost Ihren kleinen Kummer in meine Hände legen. Ich werde alles tun, was möglich ist. Aber ich fürchte, ich fürchte sehr, daß es schon zu spät ist. Sagen Sie, ist das Schloß Ihres Koffers auch aufgebrochen?«
Sie schüttelte den Kopf.
»Lassen Sie bitte mal sehen.«
Wir gingen zusammen in ihr Zimmer, und Poirot prüfte den Koffer eingehend. Er war offensichtlich mit einem Schlüssel geöffnet worden.
»Das dürfte nicht allzu schwierig gewesen sein. Diese Kofferschlüssel sind ja fast alle gleich. *Eh bien*, wir müssen sofort der Polizei eine Meldung machen und so rasch wie möglich mit Mr. Baker Wood in Verbindung treten. Ich werde das selbst übernehmen.«
Ich begleitete ihn und fragte, was er damit gemeint habe, als er sagte, es sei schon zu spät. »*Mon cher*, ich sagte heute, ich sei das Gegenteil von einem Zauberer und daß ich verschwundene Dinge wieder zum Vorschein brächte. Aber nehmen wir mal an, daß mir jemand zuvorgekommen ist. Verstehst du? Nein? Dann wirst du es nach einer Minute verstehen.«
Er verschwand in die Telefonzelle. Nach fünf Minuten erschien er wieder und sah ernst aus. »Es ist so, wie ich befürchtet habe. Eine Dame war vor einer halben Stunde bei Mr. Wood und sagte, sie käme von Miss Elizabeth Penn. Sie hatte ihm die Miniaturen gezeigt, und begeistert hat er sie gekauft und sofort bezahlt. In Banknoten, also bar.«
»Vor einer halben Stunde – eine halbe Stunde, bevor wir hier ankamen.«

Poirot lächelte rätselhaft. »Die Schnellbusse sind zwar sehr schnell, aber ein Personenauto würde von – sagen wir Monkhampton, wenigstens eine Stunde vor uns hier eintreffen.«
»Und was tun wir jetzt?«
»Der gute Hastings – immer praktisch. Wir informieren die Polizei, tun alles für Miss Durrant, was wir können und – ja, das habe ich soeben beschlossen – werden einmal persönlich mit Mr. J. Baker Wood sprechen.«
Wir führten dieses Programm durch. Die arme Mary Durrant war völlig durcheinander und fürchtete, ihre Tante werde sie für den Diebstahl zur Verantwortung ziehen.
»Was sie auch wahrscheinlich tun wird«, bemerkte Poirot, als wir auf dem Weg ins Strand-Hotel waren, in dem Mr. Wood wohnte. »Und zwar mit Recht. Was für ein Leichtsinn, Schätze im Wert von fünfhundert Pfund in einem Koffer zu lassen und zum Mittagessen zu gehen! Und trotzdem, *mon ami*, zwei sonderbare Punkte sind mir an diesem Fall aufgefallen. Die Krokodilreisetasche zum Beispiel. Warum wurde sie aufgebrochen?«
»Um die Miniaturen herauszuholen.«
»Aber ist das nicht töricht? Nehmen wir an, unser Freund macht sich an dem Gepäck zu schaffen unter dem Vorwand, seinen Koffer zu holen. Ist es da nicht einfacher, den Koffer zu öffnen und die Reisetasche ungeöffnet herauszunehmen und in seinen eigenen Koffer zu stecken, als viel Zeit darauf zu verwenden, das Schloß aufzubrechen. Oder?«
»Er mußte doch sicher sein, daß die Miniaturen darin waren.«
Poirot sah wenig überzeugt drein, aber da wir gerade in Mr. Woods Zimmerflucht geführt wurden, war er einer weiteren Erklärung enthoben.
Mir war Mr. Baker Wood auf den ersten Blick unsympathisch. Er war ein schwerer, vulgärer Mensch, viel zu auffällig gekleidet, und trug einen riesigen Diamantring. Er war protzig und laut. Natürlich hätte er nichts Verdächtiges bemerkt. Wieso auch? Die Frau sagte, sie hätte die Miniatu-

ren, *all right*. Übrigens sehr schöne Arbeiten. Ob er die Nummern der Banknoten hätte? Nein, die hätte er nicht. Und wer sei dieser Mr. – äh – Poirot – eigentlich, der da so zu ihm hereinschneie und all diese Fragen stelle?
»Ich werde Sie nichts mehr fragen, Monsieur, nur noch eine einzige Sache. Bitte, beschreiben Sie mir die Frau, die bei Ihnen war. War sie jung und hübsch?«
»Nein, Sir, das war sie nicht. Wirklich nicht. Eine große Frau in mittleren Jahren, graue Haare, unreiner Teint mit einem Schnurrbartansatz. Eine Sirene? Nein, in diesem Leben war sie das nie.«
»Poirot«, schrie ich, als wir das Hotel verließen, »ein Schnurrbart. Hast du gehört?«
»Meine Ohren sind noch ausgezeichnet, Hastings, danke.«
»Aber was für ein unsympathischer Mensch, dieser Wood.«
»Da hast du recht. Als der liebe Gott den Charme verteilte, hat Wood sicher ›nein, danke‹ gesagt.«
»Na schön, wir sollten den Dieb erwischen«, bemerkte ich. »Identifizieren können wir ihn ja.«
»Du bist bewundernswert naiv, Hastings. Hast du schon mal gehört, daß es so etwas wie ein Alibi gibt?«
»Du glaubst also, er hat ein Alibi?«
Poirots Antwort kam unerwartet: »Ich hoffe sehr.«
»Das Ärgerliche bei dir ist, daß du am liebsten alles schwierig haben möchtest.«
»Ganz recht, *mon ami*. Ich mag keine Vögel, die sitzen bleiben.«
Poirots Prophezeiung stellte sich als richtig heraus. Unser Reisegefährte in dem braunen Anzug hieß Mr. Norton Kane. Er war sofort ins George-Hotel in Monkhampton gegangen und hatte es den ganzen Nachmittag über nicht verlassen. Das einzige, was gegen ihn vorlag, war, daß Miss Durrant ihn gesehen hatte, wie er seinen Koffer aus dem Bus holte, während wir zu Mittag aßen.
»Daran ist an sich nichts verdächtig«, sagte Poirot nach-

denklich.
Nach dieser Bemerkung verfiel er in Schweigen. Er lehnte es ab, weiter über die Sache zu sprechen, und sagte, als ich ihn drängte, er denke über Schnurrbärte im allgemeinen nach und rate mir, dasselbe zu tun.
Ich entdeckte jedoch, daß er Joseph Aarons, mit dem er den Abend verbrachte, bat, ihm alle nur möglichen Einzelheiten über Mr. Baker Wood zu erzählen. Da beide Männer im gleichen Hotel wohnten, bestand die Chance, ein paar Informationskrümchen aufzusammeln. Jedoch, was auch immer Poirot erfuhr, er behielt es für sich.
Mary Durrant war nach ihren Aussagen bei der Polizei am frühen Morgen mit dem Zug nach Ebermouth zurückgekehrt. Wir speisten mit Joseph Aarons zu Mittag, und nach dem Essen verkündete mir Poirot, daß die Angelegenheit des Theateragenten zufriedenstellend abgeschlossen sei und daß wir nach Ebermouth zurückfahren könnten, wenn wir wollten. »Aber nicht mit dem Bus, *mon ami*. Dieses Mal fahren wir mit dem Zug.«
»Hast du Angst vor Taschendieben oder davor, daß du noch eine junge Dame in Nöten antreffen könntest?«
»Diese beiden Sachen könnten mir auch im Zug passieren, Hastings. Nein, ich möchte nur möglichst schnell in Ebermouth sein, denn ich möchte mit unserem Fall weiterkommen.«
»Unserem Fall?«
»Aber ja, mein Freund. Mademoiselle Durrant erbat meine Hilfe. Wenn die Angelegenheit jetzt auch in Händen der Polizei ist, so bedeutet das noch lange nicht, daß der Fall für mich erledigt ist. Ich kam hierher, um einem alten Freund zu helfen, aber man soll nie von Hercule Poirot sagen können, daß er einen Fremden in Not sitzengelassen hat.« Und mit etwas prahlerischer Geste wandte er sich ab.
»Ich dachte, du hättest dich schon vorher dafür interessiert«, sagte ich hinterlistig. »In dem Reisebüro, als du den jungen Mann zum erstenmal sahst, obwohl ich nicht weiß, was deine Aufmerksamkeit auf ihn zog.«

»Nein? Weißt du das nicht, Hastings? Du solltest es aber wissen. Nun ja, das bleibt noch mein kleines Geheimnis.«
Bevor wir abfuhren, hatten wir noch eine kurze Unterhaltung mit dem diensthabenden Polizeiinspektor. Er hatte Mr. Norton Kane interviewt und vertraute Poirot unter dem Siegel der Verschwiegenheit an, daß das Verhalten des jungen Mannes keinen günstigen Eindruck auf ihn gemacht habe. Er hatte getobt, geleugnet und sich selbst widersprochen.
»Aber wie der Trick nun fertiggebracht wurde, das weiß ich nicht«, bekannte er. »Er könnte das Zeug einem Komplicen gegeben haben, der damit sofort in einem schnellen Wagen davongefahren ist. Aber das ist nur Theorie. Dazu müßten wir den Wagen und den Fahrer finden und überführen.«
Poirot nickte nachdenklich.
»Glaubst du, daß das so gemacht wurde?« fragte ich ihn, als wir im Zug saßen.
»Nein, mein Freund, so haben sie es nicht gemacht. Sie haben es klüger angestellt.«
»Willst du es mir nicht erzählen?«
»Noch nicht. Du weißt ja, das ist meine kleine Schwäche, ich behalte meine Geheimnisse bis zum Schluß für mich.«
»Und wird der Schluß bald sein?«
»Sehr bald.«
Wir kamen kurz nach sechs Uhr in Ebermouth an, und Poirot fuhr sofort in das Antiquitätengeschäft von Elizabeth Penn. Der Laden war geschlossen, aber Poirot drückte auf die Glocke, und Mary öffnete die Tür. Ihr Gesicht drückte Überraschung und Freude aus, als sie uns wiedersah.
»Bitte kommen Sie herein. Meine Tante ist auch da«, sagte sie und führte uns in einen rückwärtigen Raum.
Eine ältere Dame kam uns entgegen. Sie hatte weiße Haare und sah selbst wie eine ihrer Miniaturen aus mit der rosigweißen Haut und den blauen Augen. Um ihre Schultern trug sie eine Pelerine aus wertvoller alter Spitze.
»Sind Sie der berühmte Monsieur Poirot?« fragte sie mit einer leisen, liebenswürdigen Stimme. »Mary hat mir von

Ihnen erzählt. Ich konnte es kaum glauben. Und Sie wollen uns wirklich in unserer Sorge beistehen? Können Sie uns einen Rat geben?«
Poirot sah sie einen Moment lang an, dann verbeugte er sich.
»Mademoiselle Penn – die Wirkung ist verblüffend, aber Sie sollten sich wirklich einen Schnurrbart wachsen lassen.«
Miss Penn stieß einen kleinen Schrei aus und fuhr zurück.
»Sie waren gestern nicht im Geschäft, nicht wahr?«
»Am Morgen war ich hier. Später hatte ich böse Kopfschmerzen und ging direkt nach Hause.«
»Nicht nach Hause, Mademoiselle. Gegen Ihre Kopfschmerzen haben Sie nämlich einen Luftwechsel versucht, nicht wahr? Die Luft von Charlock Bay soll sehr gesund sein.«
Er faßte mich am Arm und zog mich zur Tür. Dort blieb er stehen und wandte sich noch einmal um.
»Sie sehen, ich weiß alles. Diese kleine – Farce – muß aufhören.«
In seinem Ton lag eine Drohung. Miss Penn war blaß geworden, sie nickte stumm. Poirot wandte sich an das Mädchen.
»Mademoiselle«, sagte er sanft, »Sie sind jung und charmant, wenn Sie sich aber an solchen kleinen Affären beteiligen, wird das bald dazu führen, daß Ihre Jugend und Ihr Charme hinter Gefängnismauern verkommt. Und ich, Hercule Poirot, sage Ihnen, daß das ein Jammer wäre.«
Dann trat er auf die Straße, und ich folgte ihm verwirrt.
»Vom ersten Augenblick an, *mon ami*, war ich interessiert. Als dieser junge Mann einen Platz buchte, und zwar nur bis Monkhampton, bemerkte ich, daß das Mädchen plötzlich ihre Aufmerksamkeit ihm zuwandte. Warum nur? Er ist ja nicht der Typ Mann, nach dem sich eine Frau umdreht. Als die Fahrt im Bus begann, hatte ich das Gefühl, es würde etwas passieren. Wer sah den jungen Mann an dem Gepäck herumarbeiten? Mademoiselle, und zwar nur Mademoiselle. Und erinnere dich, sie selbst wählte diesen Platz gegenüber dem Fenster, eine äußerst unweibliche Wahl.

Und dann kam sie zu uns mit der Geschichte von dem Diebstahl und der aufgebrochenen Reisetasche. Ich sagte dir ja gleich, daß das keinen rechten Sinn ergab.
Und was ist das Ergebnis von alledem? Mr. Baker Wood hat sein gutes Geld für gestohlene Ware bezahlt. Die Miniaturen müssen an Miss Penn zurückgegeben werden. Sie wird sie wieder verkaufen und wird dann eintausend Pfund erhalten statt fünfhundert. Ich habe diskrete Nachforschungen anstellen lassen und erfahren, daß ihr Geschäft sehr schlecht geht – also. Meine Schlußfolgerung war – die Tante und die Nichte stecken unter einer Decke.«
»Dann hast du Norton Kane niemals verdächtigt?«
»Mon ami! Mit diesem Schnurrbart? Ein Krimineller ist entweder glatt rasiert, oder er hat einen richtigen Schnurrbart, den er nach Bedarf abnehmen kann. Aber welche Gelegenheit für die kluge Miss Penn, eine eingeschrumpfte alte Dame mit weißrosa Hautfarbe, als wir sie sahen. Aber wenn sie sich streckt, große Schuhe anzieht, ihren Teint ein wenig verändert, mit ein paar unschönen Pusteln und als krönenden Effekt ein paar spärliche Schnurrbarthaare über der Oberlippe, was dann? Eine männliche Frau, sagt Mr. Wood. Ein verkleideter Mann, sagen wir sofort.«
»Dann ist sie wirklich gestern nach Charlock Bay gefahren?«
»Sicher. Der Zug, wie du dich erinnern kannst, fuhr hier um elf Uhr ab und war um zwei Uhr in Charlock Bay. Der Zug zurück ist noch schneller. Es ist der, mit dem wir kamen. Er fährt um vier Uhr in Charlock Bay ab und ist fünfzehn Minuten nach sechs hier. Natürlich waren die Miniaturen niemals in der Reisetasche. Die wurde künstlich aufgebrochen, bevor man sie in Mademoiselles Koffer verstaute. Mademoiselle Mary mußte nur ein paar Dummköpfe finden, die ihrem Charme erlagen und denen sie alles erzählen konnte. Aber einer der Dummköpfe war kein Dummkopf, sondern Hercule Poirot.«
Diese Schlußfolgerung mißfiel mir außerordentlich. Ich sagte hastig:

»Dann hast du mich angelogen, als du sagtest, du ließest keinen Fremden im Stich. Das genau hast du getan.«

»Nein, Hastings, ich belüge dich nie. Ich habe dir nur erlaubt, daß du dich selbst belügst. Für mich war dieser Fremde – Mr. Baker Wood – ein Fremder in diesem Land.« Sein Gesicht wurde dunkel. »Ah! Wenn ich an diesen Betrug denke, diese schändliche Überbezahlung. Dasselbe Fahrgeld für eine Hinreise nach Charlock wie für das Retourbillett. Mein Blut kocht. Ich will den Fremden helfen, jawohl! Kein angenehmer Mensch, dieser Mr. Baker Wood, sicher. Aber ein Fremder! Und wir Fremden, Hastings, müssen zusammenhalten. Und was mich betrifft, ich halte immer zu den Fremden!«

Schwanen-Gesang

1

Es war elf Uhr an einem Maimorgen in London. Mr. Cowan blickte aus dem Fenster, während hinter ihm die steife Pracht eines Salons im Ritz-Hotel prangte. Er gehörte zu der Zimmerflucht, die von Madame Paula Nazorkoff, dem berühmten Opern-Star, bewohnt wurde. Mr. Cowan war Madames Impresario; jetzt erwartete er die Sängerin zu einer Besprechung. Er wandte den Kopf, als sich die Tür öffnete, doch es war nur Miss Read, Madame Nazorkoffs Sekretärin, ein blasses, tüchtiges Mädchen.

»Oh, Sie sind es, meine Liebe«, sagte Mr. Cowan. »Ist Madame noch nicht auf?« Miss Read schüttelte den Kopf.

»Wir waren um zehn Uhr verabredet«, sagte Mr. Cowan. »Jetzt warte ich schon eine geschlagene Stunde.«

Er zeigte weder Ärger noch Überraschung. Mr. Cowan hatte sich inzwischen an die Unberechenbarkeiten des künstlerischen Temperaments gewöhnt. Er war groß, glatt rasiert, seine ganze Haltung war etwas zu tadellos, seine Kleidung etwas zu gepflegt. Sein Haar war sehr schwarz und glänzend, und seine Zähne waren von aggressivem Weiß. Er stieß, wenn er ein »s« aussprach, leicht an, was nicht gerade ein Lispeln war, diesem aber gefährlich nahekam. Es bedurfte keiner besonderen Vorstellungsgabe, um zu erkennen, daß der Name seines Vaters wahrscheinlich Cohen gelautet hatte. In dieser Minute flog die Tür an der anderen Seite des Raumes auf, und ein französisches Mädchen stürzte herein.

»Steht Madame gerade auf?« fragte Cowan hoffnungsvoll. »Was gibt es Neues, Elise?«

Elise warf beide Hände in die Luft. »Madame ist heute wie siebzehn Teufel, nichts ist ihr recht! Die schönen gelben

Rosen, die Monsieur ihr gestern abend schicken ließ..., sie sagt, für New York wären sie ganz in Ordnung, aber es sei eine Idiotie, sie ihr nach London zu schicken. In London, sagt sie, seien nur rote Rosen möglich, und dann reißt sie die Tür auf und schleudert die gelben Rosen auf den Gang, wo sie auf einem Monsieur landen, *très comme il faut,* einem hohen militärischen Würdenträger, glaube ich. Und er ist außer sich.«
Cowan zog die Augenbrauen hoch, verriet aber kein anderes Zeichen von Bewegung. Dann holte er ein kleines Notizbuch aus seiner Tasche und notierte die Worte »rote Rosen«.
Elise stürzte durch die andere Tür wieder hinaus, und Cowan wandte sich erneut dem Fenster zu. Vera Read setzte sich an den Schreibtisch und begann, Briefe zu öffnen und zu sortieren. Zehn Minuten verstrichen in Schweigen, und dann barst die Tür zum Schlafzimmer auf, und Paula Nazorkoff flammte in den Raum. Ihr Erscheinen hatte die Wirkung, daß der Raum kleiner, Vera Read noch farbloser und Cowan als bloße Figur im Hintergrund erschien.
»Aha, meine Kinder«, sagte die Primadonna. »Bin ich nicht pünktlich?«
Sie war eine hochgewachsene Frau und für eine Sängerin nicht über Gebühr füllig. Ihre Arme und Beine waren noch schlank, und ihr Hals hatte die Form einer schönen Säule. Ihr Haar, das im Nacken einen üppigen Knoten bildete, war von dunklem, brennendem Rot. Wenn sie auch dieser Farbe mit Henna nachgeholfen hatte, so war die Wirkung deshalb nicht weniger echt. Sie war keine junge Frau mehr, mindestens vierzig, doch die Züge ihres Gesichts waren noch reizvoll, obgleich die Haut nicht mehr so straff und um ihre blitzenden, dunklen Augen herum bereits etwas faltig war. Ihr Lachen war das eines Kindes, ihre Verdauung die eines Straußes, ihr Temperament das eines Teufels, und sie genoß den Ruf, der größte dramatische Sopran ihrer Zeit zu sein. Sie ging augenblicklich auf Cowan los.
»Haben Sie alles getan, was ich Ihnen befohlen habe? Haben Sie diesen abscheulichen englischen Flügel weggeschafft

und in die Themse geworfen?«
»Ich habe einen anderen besorgt«, sagte Cowan und deutete in die Ecke, wo der Flügel stand.
Die Nazorkoff flog darauf zu und hob den Deckel.
»Ein Erard«, sagte sie. »Das ist schon besser. Wir wollen mal sehen.«
Die herrliche Sopranstimme erstrahlte in einem Arpeggio, lief dann leicht die Skala hinauf und herunter, zweimal, schwang sich dann weich zu einem hohen Ton auf, hielt ihn, er schwoll an, wurde lauter und lauter, dann wieder leiser und weicher und verhauchte in Nichts.
»Ah!« sagte Paula Nazorkoff voll naiver Befriedigung. »Was habe ich doch für eine schöne Stimme! Sogar in London habe ich eine wunderschöne Stimme.«
»Das ist wirklich so«, beglückwünschte sie Cowan in ehrlicher Bewunderung. »Ich brauche gar keine Wette einzugehen, daß London Ihnen ebenso zu Füßen liegen wird wie New York.«
»Glauben Sie?« fragte die Sängerin.
Der Anflug eines Lächelns umspielte ihre Lippen, und es war klar, daß diese Frage für sie gar keine Frage war.
»Das ist eine sichere Sache«, sagte Cowan.
Paula Nazorkoff schloß den Deckel und schritt auf den Tisch zu mit diesem langsamen, wogenden Gang, der auf der Bühne so wirkungsvoll ist.
»Gut, gut«, sagte sie, »wir wollen zum Geschäftlichen kommen.
Haben Sie die Arrangements bei sich, mein Freund?«
Cowan nahm einige Blätter aus der Aktenmappe, die er auf einen Stuhl gelegt hatte.
»Es hat sich nicht viel verändert«, bemerkte er. »Sie werden fünfmal im Covent Garden singen, und zwar dreimal die Tosca, zweimal die Aida.«
»Aida! Pah«, sagte die Primadonna. »Es wird mich umbringen vor Langeweile. Tosca ist etwas anderes.«
»Aber ja«, sagte Cowan. »Tosca ist *Ihr* Part.«
Paula Nazorkoff drehte sich um.

»Ich bin die größte Tosca der Welt«, sagte sie einfach.
»So ist es«, sagte Cowan. »Das macht Ihnen niemand nach.«
»Ich vermute, Roscari wird den Scarpia singen?«
Cowan nickte. »Und Emile de Lippi.«
»Was?« schrie die Nazorkoff. »Lippi, dieser häßliche, kleine quakende Frosch, quak – quak – quak. Ich werde nicht mit ihm singen, ich werde ihn beißen, ich werde ihm das Gesicht zerkratzen.«
»Nun, nun«, sagte Cowan beschwichtigend.
»Er singt nicht, sage ich euch, er bellt wie ein Straßenköter.«
»Ja, ja, schon gut, wir werden sehen«, sagte Cowan.
Er war zu klug, um mit temperamentvollen Sängerinnen zu streiten.
»Und wer singt den Cavaradossi?« fragte die Nazorkoff.
»Der amerikanische Tenor Hensdale.«
Sie nickte. »Das ist ein netter kleiner Junge, er singt recht hübsch.«
»Und einmal singt ihn Barrère, glaube ich.«
»Das ist ein Künstler«, sagte Madame großzügig. »Aber daß dieser quakende Frosch Lippi der Scarpia sein soll! Pah, ich werde nicht mit ihm singen.«
»Überlassen Sie das ruhig mir«, sagte Cowan besänftigend.
Er räusperte sich und nahm einen neuen Stoß Papiere auf.
»Und dann arrangiere ich gerade ein Sonderkonzert in der Albert Hall.«
Die Nazorkoff schnitt eine Grimasse.
»Ich weiß, ich weiß«, sagte Cowan. »Aber das macht jeder.«
»Ich werde gut sein«, sagte die Nazorkoff, »und es wird voll sein bis unters Dach, und ich werde viel Geld verdienen. Ecco!«
Wieder kramte Cowan in Papieren.
»Dann ist hier noch ein ganz anderes Angebot«, sagte er. »Und zwar möchte Lady Rustonbury, daß Sie bei ihr

singen.«
»Rustonbury?«
Die Augenbrauen der Primadonna zogen sich zusammen, so als ob sie mit Anstrengung etwas in ihrem Gedächtnis suchte.
»Ich habe kürzlich diesen Namen gelesen, erst ganz kürzlich. Das ist eine Stadt – oder ein Dorf, nicht wahr?«
»Ja, das ist richtig, ein hübscher, kleiner Ort in Hertfordshire. Und was den Besitz von Lord Rustonbury angeht, das Rustonbury-Castle, das ist ein richtiger Feudalbesitz, mit Geistern und Ahnengalerie und Geheimtreppen und einem erstklassigen Privattheater. Sie schwimmen in Geld und geben immer irgendwelche Privatveranstaltungen. Sie schlug vor, wir sollten eine ganze Oper aufführen, am liebsten wäre ihr Butterfly.«
»Butterfly?«
Cowan nickte.
»Und sie können bezahlen. Wir müssen natürlich das Angebot von Covent Garden annehmen, aber sogar danach wird sich Ihr Auftritt dort allein finanziell lohnen. Aller Wahrscheinlichkeit nach wird auch eine Königliche Hoheit anwesend sein. Es wird eine Bombenreklame für Sie.«
Madame hob ihr immer noch schönes Kinn.
»Brauche ich Reklame?« fragte sie stolz.
»Von einer guten Sache kriegt man nie genug«, sagte Cowan.
»Rustonbury«, murmelte die Sängerin. »Wo habe ich das doch gelesen ...«
Plötzlich sprang sie auf, lief auf den Tisch zu und begann in einer Illustrierten zu blättern, die dort lag. Es entstand eine Pause. Sie hielt inne, als ihre Hand auf einer der Seiten verweilte. Dann ließ sie die Wochenzeitschrift auf den Boden gleiten und ging langsam zu ihrem Sessel zurück. Mit einem ihrer gewohnten raschen Stimmungswechsel schien sie jetzt eine völlig andere Persönlichkeit zu sein. Sie gab sich ruhig, fast streng. »Treffen Sie alle Vorbereitungen für Rustonbury. Ich möchte dort singen, allerdings unter einer Bedingung –

die Oper muß Tosca sein.«
Cowan machte ein wenig zuversichtliches Gesicht.
»Das wird ziemlich schwierig sein – für eine Privatvorstellung, wissen Sie, die vielen Dekorationen und all das.«
»Tosca oder nichts.«
Cowan sah sie an, nickte kurz und stand auf.
»Ich werde sehen, was ich tun kann«, sagte er ruhig.
Auch die Nazorkoff stand auf. Mehr als sonst schien sie bei der Sache zu sein, als sie ihm ihre Bedingung auseinandersetzte.
»Es ist meine größte Rolle, Cowan. Ich singe diese Partie, wie keine andere Frau sie jemals gesungen hat.«
»Es ist eine großartige Rolle«, sagte Cowan. »Die Callas begründete ihren Ruhm damit.«
»Die Callas?« schrie die andere, während Röte in ihre Wangen stieg. Sie redete weiter und gab sehr ausführlich ihre Meinung über die Callas wieder.
Cowan, der daran gewöhnt war, den Urteilen von Sängerinnen über andere Sängerinnen zu lauschen, lenkte seine innere Aufmerksamkeit ab, bis die Tirade vorüber war; dann sagte er hartnäckig: »Jedenfalls singt sie ›vissi d'arte‹, während sie auf dem Bauch liegt.«
»Warum nicht?« fragte die Nazorkoff. »Was sollte sie davon abhalten? Ich werde die Arie singen, während ich auf dem Rücken liege und mit den Beinen in der Luft herumstrampele.«
Cowan schüttelte mit großem Ernst den Kopf.
»Ich glaube nicht, daß das übermäßig künstlerisch ist«, belehrte er sie. »Aber es macht Eindruck, wie Sie wissen.«
»Niemand kann ›vissi d'arte‹ so singen wie ich«, sagte die Nazorkoff überzeugt. »Ich singe das mit einer Klosterstimme – so wie es die guten Nonnen mich vor vielen Jahren gelehrt haben. Mit der Stimme eines Chorknaben oder eines Engels, ohne Gefühl, ohne Leidenschaft.«
»Ich weiß«, sagte Cowan herzlich. »Ich habe Sie gehört, Sie sind wundervoll.«
»Das ist Kunst«, sagte die Primadonna, »den Preis zu bezah-

len, zu leiden, zu erdulden und dann zum Schluß: nicht nur das Können zu haben, sondern auch die Macht, zurückzukehren, ganz zurück bis zum Beginn und die verlorene Schönheit und das Herz eines Kindes wiederzuerobern.«
Cowan warf ihr einen erstaunten Blick zu. Sie sah durch ihn hindurch mit einem merkwürdigen leeren Ausdruck in den Augen, und etwas in diesem ihrem Blick gab ihm ein unheimliches Gefühl. Mit halb geöffneten Lippen flüsterte sie ein paar Worte wie zu sich selbst. Er fing sie gerade noch auf.
»Endlich«, murmelte sie. »Endlich – nach so vielen Jahren.«

2

Lady Rustonbury war sowohl eine ehrgeizige als auch eine künstlerische Frau. Die Vereinigung dieser beiden Eigenschaften hatte ihr einen durchschlagenden Erfolg verschafft. Sie hatte das große Glück, einen Mann zu haben, dem weder Ehrgeiz noch Kunst etwas bedeutete und der sie daher gewähren ließ. Der Earl of Rustonbury war ein großer, eckiger Mann, mit einem Interesse für Pferde und sonst gar nichts. Er bewunderte seine Frau. Er war stolz auf sie und war froh, daß sie – dank seinem Reichtum – ihre Pläne ausführen konnte. Das Privattheater war vor weniger als hundert Jahren von seinem Großvater erbaut worden. Es war Lady Rustonburys liebstes Spielzeug – sie hatte schon ein Drama von Ibsen aufführen lassen, dann ein Stück der allerneuesten Schule: alles Scheidung und Rauschgift, und eine poetische Fantasie mit kubistischer Szenerie. Die nun folgende Aufführung von Tosca hatte weitgespanntes Interesse geweckt. Lady Rustonbury hatte dazu eine sehr vornehme Hausparty arrangiert, und was in London Rang und Namen hatte, kam, um der Vorstellung beizuwohnen.
Madame Nazorkoff und ihre Gesellschaft waren kurz vor dem Mittagessen angekommen. Der junge amerikanische Tenor Hensdale sollte den Cavaradossi singen und Roscari,

der berühmte italienische Bariton, den Scarpia. Die Kosten für diese Aufführung waren enorm gewesen, aber darum kümmerte sich niemand. Paula Nazorkoff war in bester Stimmung, sie war charmant, freundlich gelöst und auf angenehmste Art sie selbst. Cowan betete, daß alles sich so weiterentwickeln möge.
Nach dem Essen begab sich die Gesellschaft ins Theater und begutachtete die Bühnenbilder und die verschiedenen Requisiten. Das Orchester unterstand der Leitung von Mr. Samuel Ridge, einem der berühmtesten Dirigenten Englands. Alles schien ohne die geringsten Schwierigkeiten abzulaufen. Und merkwürdig genug, dieser Umstand beunruhigte Cowan. Er fühlte sich mehr zu Hause in einer Atmosphäre der Nervosität; dieser ungewöhnliche Friede störte ihn.
»Alles geht um eine Spur zu glatt«, murmelte er zu sich selbst. »Madame ist wie eine Katze, die man mit Schlagsahne gefüttert hat. Es ist zu schön, um so weitergehen zu können. Es muß noch etwas geschehen.«
Vielleicht hatte Mr. Cowan als Ergebnis seines lange währenden Kontaktes mit der Opernwelt einen sechsten Sinn entwickelt; gewiß waren seine Befürchtungen gerechtfertigt. Es war gerade kurz vor sieben Uhr an diesem Abend, als das französische Mädchen, Elise, in größter Verwirrung zu ihm hereinstürzte.
»Ach, Mr. Cowan, kommen Sie, schnell, bitte, bitte, kommen Sie schnell.«
»Was ist denn passiert?« fragte Cowan neugierig. »Madame paßt wohl etwas nicht, wie? Krach, nicht wahr?«
»Nein, nein, es ist nicht Madame; es ist Signor Roscari. Er ist krank, er stirbt!«
»Stirbt? Kommen Sie!«
Cowan rannte hinter ihr her, als sie ihn zum Schlafzimmer des unglücklichen Italieners führte. Der kleine Mann lag auf dem Bett, vielmehr krümmte er sich darauf, in Zuckungen, die komisch gewirkt hätten, wäre der Fall nicht so ernst gewesen. Paula Nazorkoff stand über ihn gebeugt; sie grüßte

Cowan gebieterisch.
»Aha, da sind Sie ja. Unser armer Roscari, er leidet entsetzlich. Zweifellos hat er etwas Verkehrtes gegessen.«
»Ich sterbe«, stöhnte der kleine Mann. »Diese Schmerzen, es ist schrecklich. Au, oh!«
Er wand sich wieder, preßte beide Hände gegen seinen Magen und rollte sich auf dem Bett herum.
»Wir müssen einen Arzt holen«, sagte Cowan.
Paula hielt ihn zurück, als er gerade zur Tür gehen wollte. »Der Arzt ist schon unterwegs. Er wird alles tun, was möglich ist, um dem armen Leidenden hier zu helfen. Dafür ist schon gesorgt. Aber Roscari wird keinesfalls heute abend singen können.«
»Ich werde nie mehr singen, ich sterbe«, stöhnte der Italiener.
»Nein, nein, Sie sterben nicht«, sagte Paula. »Sie haben sich nur den Magen verdorben, aber das bleibt sich gleich, Sie können unmöglich heute singen.«
»Ich bin vergiftet worden.«
»Ja, es ist zweifellos Ptomaine«, sagte Paula. »Elise, bleiben Sie bei ihm, bis der Arzt kommt.«
Die Sängerin winkte Cowan, ihr aus dem Zimmer zu folgen.
»Was wollen wir tun?« fragte sie.
Cowan schüttelte hoffnungslos den Kopf. Es war schon zu spät, um aus London einen Ersatz für Roscari zu beschaffen. Lady Rustonbury, die man gerade von der Krankheit ihres Gastes in Kenntnis gesetzt hatte, stürzte durch den Korridor auf die beiden zu. Ihre Hauptsorge – wie die Paula Nazorkoffs – war das Gelingen der Aufführung von Tosca.
»Wenn doch nur jemand hier in der Nähe wohnte«, stöhnte die Primadonna.
»Ah!« Lady Rustonbury stieß einen Freudenschrei aus. »Natürlich! Bréon.«
»Bréon?«
»Ja, Edouard Bréon, Sie wissen doch, der berühmte französische Bariton. Er wohnt hier in der Nähe. Diese Woche war in

der Zeitschrift ›Country Homes‹ sein Haus abgebildet. Das ist unser Mann.«
»Welch eine Himmelsantwort!« schrie die Nazorkoff. »Bréon als Scarpia, ich erinnere mich, das war eine seiner größten Partien. Aber er hat sich von der Bühne zurückgezogen, nicht wahr?«
»Ich bringe ihn schon hierher«, sagte Lady Rustonbury. »Überlassen Sie das nur mir.«
Und da sie eine Frau von schnellen Entschlüssen war, ließ sie sofort den Hispano Suiza vorfahren. Zehn Minuten später wurde Edouard Bréons Landsitz von einer aufgeregten Gräfin heimgesucht. Wenn Lady Rustonbury einmal einen Entschluß gefaßt hatte, führte sie ihn auch durch, und zweifellos erkannte Monsieur Bréon, daß es für ihn nur die Möglichkeit gab, sich zu fügen. Es muß allerdings auch noch bemerkt werden, daß er eine Schwäche für Gräfinnen hatte. Er stammte aus kleinen Verhältnissen, hatte sich in seinem Beruf an die Spitze hinaufgearbeitet und hatte dann mit Herzögen und Prinzen verkehrt. Diese Tatsache hatte niemals die befriedigende Wirkung auf ihn verloren. Seitdem er sich jedoch an diesen abgeschiedenen Ort Englands zurückgezogen hatte, war er als unzufrieden bekannt. Er vermißte die Schmeichelei und den Applaus, und der englische Landadel hatte ihn nicht so prompt aufgenommen, wie er gehofft und erwartet hatte. So fühlte er sich jetzt durch Lady Rustonburys Bitte sehr geschmeichelt und war hoch erfreut.
»Ich werde mein Bestes tun«, sagte er lächelnd. »Wie Sie wissen, habe ich schon lange nicht mehr vor Publikum gesungen. Ich habe nicht einmal Schüler, nur ein oder zwei als besondere Gunst. Und das jetzt, weil Signor Roscari unglücklicherweise erkrankt ist ...«
»Ja, es ist ein schrecklicher Schlag«, sagte Lady Rustonbury.
»Nicht, daß er wirklich ein großer Sänger wäre«, sagte Bréon.
Er erzählte ihr ausführlich, warum das so sei. Es hatte, seit Edouard Bréon sich zurückgezogen hatte, wie es schien, keinen Bariton von Weltruf mehr gegeben.
»Madame Nazorkoff singt die Tosca«, sagte Lady Rustonbu-

ry. »Ich darf wohl sicher annehmen, daß Sie sie kennen?«
»Ich habe nie mit ihr gesprochen«, sagte Bréon. »Ich habe sie einmal in New York singen gehört. Eine große Künstlerin – sie hat das Talent für Dramatik.«
Lady Rustonbury fühlte sich erleichtert – bei diesen Sängern konnte man ja nie wissen – sie hegten solche merkwürdigen Eifersüchte und Antipathien.
Sie betrat nach ungefähr zwanzig Minuten wieder die Vorhalle des Schlosses und schwenkte triumphierend die Hände.
»Ich habe ihn«, rief sie lachend. »Der liebe Monsieur Bréon war wirklich zu liebenswürdig. Ich werde es ihm nie vergessen.« Alle drängten sich um den Franzosen, und die allgemeine Dankbarkeit und Anerkennung ihm gegenüber war wie Weihrauch für ihn. Edouard Bréon, obwohl jetzt nahe an die Sechzig, war noch ein gutaussehender Mann, breit und dunkel und von einer magnetischen Ausstrahlung.
»Moment mal«, sagte Lady Rustonbury. »Wo ist denn Madame? Oh, da ist sie ja.«
Paula Nazorkoff hatte an dem allgemeinen Begrüßungsrummel für den Franzosen nicht teilgenommen. Sie war in einem hohen Eichenstuhl neben dem Kamin sitzen geblieben. Es war natürlich kein Feuer darin, denn der Abend war warm, und die Sängerin fächelte sich langsam mit einem riesigen Palmwedel Kühlung zu. Sie saß dort so unbeteiligt und wie entrückt, daß Lady Rustonbury fürchtete, sie fühle sich beleidigt.
»Monsieur Bréon«, sagte sie. Sie führte ihn zu der Sängerin. »Sie sagten, Sie hätten noch nie mit Madame Nazorkoff gesprochen.«
Nach einer letzten fächelnden Bewegung, die wie eine anmutige Geste wirkte, legte Paula Nazorkoff den Palmwedel nieder und streckte ihre Hand dem Franzosen entgegen. Er ergriff sie und beugte sich tief darüber, und ein schwacher Seufzer kam von den Lippen der Primadonna.
»Madame«, sagte Bréon, »wir haben niemals zusammen gesungen. Das ist die Strafe meines Alters! Aber das Schick-

sal meinte es gut mit mir und kam zu meiner Rettung.«
Paula lachte leise.
»Sie sind sehr liebenswürdig, Monsieur Bréon. Als ich noch eine arme, kleine unbekannte Sängerin war, saß ich zu Ihren Füßen. Ihr Rigoletto – welche Kunst, welche Vollendung! Niemand konnte Sie erreichen.«
»Leider!« sagte Bréon und ließ einen tiefer Seufzer hören. »Meine Tage sind vorbei. Scarpia, Rigoletto, Radames, Sharpless, wie viele Male habe ich sie gesungen, und jetzt – nie mehr!«
»Doch – heute abend.«
»Ach ja, richtig, Madame – ich vergaß – heute abend.«
»Sie haben schon mit vielen Toscas zusammen gesungen«, sagte die Nazorkoff arrogant, »aber noch nie mit mir!«
Der Franzose verbeugte sich.
»Es wird mir eine Ehre sein«, sagte er weich. »Es ist eine große Rolle, Madame.«
»Es bedarf nicht nur einer Sängerin, sondern auch einer Schauspielerin«, warf Lady Rustonbury ein.
»Das ist wahr«, stimmte Bréon zu. »Ich erinnere mich noch, als ich damals als junger Mann in Italien war, besuchte ich ein etwas abseits gelegenes Theater in Mailand. Der Platz kostete mich nur ein paar Lire, aber ich habe da ebensogute Sänger gehört wie später in der Metropolitan Opera in New York. Ein ganz junges Mädchen sang damals die Tosca. Sie sang das wie ein Engel. Ich werde niemals ihre Stimme in ›vissi d'arte‹ vergessen, diese Klarheit, diese Reinheit. Aber die dramatische Kraft fehlte ihr.« Die Nazorkoff nickte.
»Das kommt erst später«, sagte sie ruhig.
»Richtig. Dieses junge Mädchen – Bianca Capelli hieß sie – ich interessierte mich für ihre Karriere. Durch mich hätte sie die Chance zu einem großen Engagement gehabt, aber sie war dumm – hoffnungslos dumm.«
Er zuckte die Achseln.
»Wieso dumm?«
Es war Lady Rustonburys vierundzwanzigjährige Tochter, Blanche Amery, die sich mit dieser Frage am Gespräch

beteiligte. Ein schlankes Mädchen mit großen blauen Augen. Der Franzose wandte sich ihr sofort höflich zu.
»Leider, Mademoiselle, sie war wegen irgendeines gemeinen Burschen da in eine Sache verwickelt. Er war ein Schurke, ein Mitglied der Camorra, dieser Verschwörerbande in Neapel. Er geriet in Schwierigkeiten mit der Polizei, wurde zum Tode verurteilt. Sie kam zu mir und bat mich, etwas zu unternehmen, damit ihr Geliebter gerettet würde.«
Blanche Amery starrte ihn an.
»Und Sie taten es?« fragte sie atemlos.
»Ich, Mademoiselle, was konnte ich tun? Ein Fremder im Land.«
»Hatten Sie nicht doch damals einigen Einfluß?« fragte die Nazorkoff mit ihrer tiefen, bebenden Stimme.
»Wenn ich ihn hatte, bezweifle ich, ob ich ihn ausgenützt hätte. Der Mann war es nicht wert. Ich tat für das Mädchen, was ich konnte.«
Er lächelte ein wenig, und das Lächeln mißfiel plötzlich dem englischen Mädchen, denn etwas an dem Ausdruck dieses Lächelns war unangenehm. Sie spürte, daß das, was er sagte, in dem Moment nicht mit dem übereinstimmte, was er dachte.
»Sie taten, was Sie konnten«, sagte die Nazorkoff. »Das war sehr freundlich von Ihnen, und war das Mädchen auch dankbar?«
Der Franzose zuckte die Achseln.
»Der Mann wurde hingerichtet«, sagte er, »und das Mädchen ging in ein Kloster. *Et voilà!* Die Welt hat eine Sängerin verloren.«
Die Nazorkoff lachte leise.
»Wir Russen sind nicht so standhaft«, sagte sie leichthin.
Blanche Amery, die zufällig Cowan ansah, während die Sängerin sprach, bemerkte, wie er erstaunt zu ihr hinübersah. Er öffnete die Lippen halb, schloß sie dann aber wieder gehorsam, als Paula ihm einen warnenden Blick zugeworfen hatte.

Der Butler erschien in der Tür.
»Dinner«, sagte Lady Rustonbury und erhob sich. »Ihr armen Künstler, ihr tut mir leid. Es muß doch schrecklich sein, vor dem Singen immer so hungern zu müssen. Aber nachher wird es ein köstliches Essen geben.«
»Wir werden uns darauf freuen«, sagte Paula Nazorkoff. Sie lachte leise. »Nachher!«

3

Im Theater war soeben nach dem ersten Akt der Tosca der Vorhang gefallen. Die Zuschauer bewegten sich und sprachen leise miteinander. Die königlichen Hoheiten, charmant und leutselig, saßen in den drei Samtstühlen vor der ersten Reihe. Jeder flüsterte und tuschelte mit seinem Nachbarn. Allgemein herrschte die Meinung, die Nazorkoff habe im ersten Akt nicht ihren großen Ruf bestätigt. Die meisten Anwesenden wußten nicht, daß gerade darin die Kunst der Nazorkoff bestand, im ersten Akt ihre Stimme und sich selbst zu schonen. Sie machte aus Tosca eine leichte, frivole Figur, tändelnd mit Liebe, kokett-eifersüchtig und anspruchsvoll. Bréon überzeugte noch als herrlich zynischer Scarpia, obgleich der Schmelz seiner Stimme den Höhepunkt bereits überschritten hatte. Nichts während seines Spiels deutete auf den alternden Wüstling hin. Er machte aus Scarpia eine schöne, fast gütige Gestalt nur mit einem Schuß subtiler Gemeinheit, die aber unter dem äußeren Schein fast verborgen blieb. Im letzten Teil, als Scarpia in Gedanken verloren dasteht und über seinen Plan, Tosca zu retten, nachsinnt, hatte Bréon sein unvergleichliches Können gezeigt. Jetzt hob sich der Vorhang wieder für den zweiten Akt, die Szene in Scarpias Zimmer.
Diesmal wurde beim Auftritt der Tosca die Kunst der Nazorkoff mit einem Schlage offenbar. Hier war sie eine Frau in Todesangst, und sie spielte ihre Rolle mit der Sicherheit einer überragenden Schauspielerin. Wie sie Scarpia leicht-

hin grüßte, wie sie sich lässig gab und lächelte, verfehlte nicht die Wirkung auf ihn. In dieser Szene spielte Paula Nazorkoff mit den Augen; sie agierte mit Todesruhe, mit teilnahmslos lächelndem Gesicht. Nur ihre Augen, die immer wieder Scarpia blitzende Blicke zuwarfen, verrieten ihre wahren Gefühle. Und so nahm die Geschichte ihren Fortgang, die Folterszene, der Zusammenbruch Toscas, schließlich die völlige Selbstaufgabe, wie sie zu Scarpias Füßen fällt und ihn vergebens um Gnade anfleht. Der alte Lord Leconmere, der ein Musikkenner war, nickte, und ein ausländischer Botschafter, der neben ihm saß, flüsterte:
»Sie übertrifft sich selbst, die Nazorkoff, heute abend. Es gibt keine andere Frau auf der Bühne, die sich so ausspielt in dieser Rolle, wie sie es tut.«
Leconmere nickte.
Und jetzt hatte Scarpia seinen Preis genannt, Tosca flieht entsetzt von ihm fort zum Fenster. Dann hört man von ferne Trommelschläge, und Tosca wirft sich voller Verzweiflung auf das Sofa. Scarpia steht über sie gebeugt, erzählt, wie seine Leute den Galgen errichten – dann Schweigen, und wieder der weit entfernte Trommelwirbel. Die Nazorkoff liegt bäuchlings auf dem Sofa, ihr Kopf hängt tief herab, berührt fast den Boden, ihr Gesicht wird durch das herabfallende Haar verdeckt. Dann, in herrlichem Gegensatz zu der Leidenschaft und der seelischen Not der vergangenen zwanzig Minuten, erklingt ihre Stimme, hoch und klar, die Stimme, die – genau wie sie Cowan gesagt hatte – die eines Chorknaben oder eines Engels ist.
»Vissi d'arte, vissi d'amore, non feci mai male ad anima viva! Con man furtiva quante miserie conobbi, auiutai.«
Es war die Stimme eines verwunderten, verwirrten Kindes. Dann kniet sie noch einmal nieder, bittend und flehend, bis zu dem Augenblick, da Spoletta das Zimmer betritt. Tosca, völlig erschöpft, fügt sich, und Scarpia spricht die schicksalhaften zweideutigen Worte aus. Spoletta geht noch einmal fort. Dann kommt der dramatische Augenblick, da Tosca, die mit zitternder Hand ein Glas Wein hochhebt, das Messer auf

dem Tisch erblickt und es hinter sich verbirgt.
Bréon erhebt sich, schön, kämpferisch, entflammt in Leidenschaft. »*Tosca, finalmente mia!*« Dann das blitzschnelle Zustoßen des Messers, und Toscas Aufschrei der Rache:
»*Questo è il bacio di Tosca!*« (Das ist der Kuß der Tosca!)
Niemals vorher hatte die Nazorkoff solche Intensität bei Toscas Racheakt gezeigt. Dieses letzte wilde Flüstern »*Muori dannato*«, und dann mit einer merkwürdig ruhigen Stimme, die das ganze Theater erfüllte:
»*Orgli perdono!*« (Jetzt vergebe ich ihm!)
Das sanfte Todesthema ertönt, als Tosca mit ihrer Zeremonie beginnt, zu beiden Seiten seines Kopfes Kerzen aufstellt, ihm ein Kruzifix auf die Brust legt, ihr letztes Innehalten, als sie sich in der Tür noch einmal umdreht, das Dröhnen der Trommeln aus der Ferne; und der Vorhang fällt.
Diesmal brach ein echter Begeisterungssturm im Publikum los, doch er war von kurzer Dauer. Jemand stürzte hinter dem Vorhang hervor und sprach mit Lord Rustonbury. Er erhob sich, und nachdem er sich ungefähr zwei Minuten lang Gewißheit verschafft hatte, wandte er sich vorbeugend zu Sir Donald Calthorp, einem berühmten Arzt. Fast in Sekundenschnelle verbreitete sich im Zuschauerraum die Nachricht von dem Geschehenen. Ein Unfall war geschehen, jemand war ernstlich verletzt worden. Einer der Sänger erschien vor dem Vorhang und erklärte, daß Monsieur Bréon unglücklicherweise einen Unfall erlitten habe – die Oper müsse abgebrochen werden. Wieder flog das Gerücht auf, Bréon sei erstochen worden, die Nazorkoff habe den Kopf verloren, sie habe ihre Rolle so intensiv mitgelebt, daß sie tatsächlich den Partner erstochen hätte. Lord Leconmere, der mit seinem Freund, dem Botschafter, sprach, spürte, wie ihn jemand am Arm berührte, wandte sich um und sah in Blanche Amerys Augen.
»Es war kein Unfall«, hörte er das Mädchen sagen. »Ich bin sicher, es war kein Unfall. Hörten Sie nicht, kurz vor dem Dinner, die Geschichte, die er erzählte von diesem Mädchen in Italien? Dieses Mädchen war Paula Nazorkoff. Als sie so

etwas von ›wir Russinnen‹ sagte, bemerkte ich den verblüfften Blick von Mr. Cowan. Sie hat wohl einen russischen Namen angenommen, er aber wußte nur zu gut, daß sie Italienerin ist.«

»Aber meine liebe Blanche«, sagte Lord Leconmere.

»Ich versichere Ihnen, es ist so. In ihrem Schlafzimmer lag eine Zeitschrift, aufgeschlagen auf der Seite, auf der Monsieur Bréon in seinem englischen Landsitz abgebildet ist. Sie wußte davon, bevor sie hierherkam. Ich glaube, sie hat dem armen kleinen Italiener etwas gegeben, das ihn krank machte.«

»Aber warum?« schrie Lord Leconmere. »Warum?«

»Aber verstehen Sie nicht? All das ist die Geschichte der Tosca. Er begehrte sie in Italien, sie aber war ihrem Geliebten treu, und sie ging zu Bréon, um ihn zu bitten, ihrem Geliebten zu helfen, und er gab vor, er würde ihr helfen. Doch statt dessen ließ er ihn sterben. Und jetzt war endlich die Stunde ihrer Rache da. Haben Sie nicht gehört, wie sie ausstieß ›Ich bin Tosca‹? Und ich sah Bréons Gesicht, als sie das sagte. Da begriff er die Wahrheit – er hatte sie wiedererkannt.«

In ihrer Garderobe saß Paula Nazorkoff regungslos, einen weißen Hermelinmantel um ihre Schultern gezogen. Es klopfte an die Tür.

»Herein!« rief die Primadonna.

Elise trat ein. Sie schluchzte.

»Madame, Madame, er ist tot! Und –«

»Ja?«

»Madame, wie soll ich es Ihnen nur sagen? Da draußen stehen zwei Herren von der Polizei und wollen Sie sprechen.«

Paula Nazorkoff erhob sich zu ihrer vollen Höhe.

»Ich werde mit ihnen gehen«, sagte sie ruhig.

Sie löste eine Perlenkette von ihrem Hals und legte sie in die Hände des französischen Mädchens.

»Die sind für Sie, Elise, Sie sind immer sehr lieb gewesen. Dort, wo ich jetzt hingehe, brauche ich sie nicht mehr.

Verstehen Sie, Elise? Ich werde nie wieder die Tosca singen.«
Sie blieb einen Moment an der Tür stehen, ihre Augen tasteten durch die Garderobe, so, als ob sie auf die vergangenen dreißig Jahre ihrer Karriere zurückschaute.
Dann murmelte sie leise den letzten Satz einer anderen Oper: »Das Spiel ist aus!«

Vierundzwanzig Schwarzdrosseln

Hercule Poirot saß mit seinem Freund, Henry Bonnington, in dem Restaurant »Gallant Endeavour«, das sich im Künstlerviertel Londons, auf der King's Road, befindet.
Mr. Bonnington verkehrte gern im »Gallant Endeavour«. Er fand die herrschende Atmosphäre gemütlich, ihm schmeckte das Essen, das einfach und trotz des französischen Namens des Restaurants typisch englisch war und, wie er sagte, keine Zusammenstellung verunglückter Gerichte darstellte. Es machte ihm Freude, seinen Freunden den Platz zu zeigen, auf dem Augustus John immer gesessen hatte, und sie auf die berühmten Künstlernamen aufmerksam zu machen, die im Gästebuch standen. Mr. Bonnington war zwar der unkünstlerischste Mensch, den man sich vorstellen kann, aber er bewunderte wohlwollend die künstlerischen Leistungen anderer.
Die sympathische Kellnerin Molly begrüßte Mr. Bonnington wie einen alten Freund. Ihr Stolz war, genau zu wissen, was ihren Gästen schmeckte und was nicht.
»Guten Abend«, sagte sie, als die beiden Herren an einem Ecktisch Platz nahmen. »Sie haben heute Glück, es gibt Truthahn mit Kastanienfüllung. Das ist doch Ihr Lieblingsgericht? Außerdem haben wir einen wirklich sehr guten Stilton-Wein da. Möchten Sie vorher lieber Suppe oder Fisch?«
Mr. Bonnington überlegte. Warnend sagte er zu Poirot, der die Karte studierte:
»Für dich gibt es diesmal keine französischen Delikatessen, sondern ein schmackhaftes, kräftiges englisches Gericht.«
»Mein Freund«, winkte Hercule Poirot ab, »ich wünsche mir gar nichts anderes. Ich überlasse dir völlig die Entschei-

dung.«
Mr. Bonnington widmete sich mit großer Aufmerksamkeit der Speisekarte.
Nachdem er dieses wichtige Problem und sogar auch die Weinfrage gelöst hatte, lehnte er sich aufatmend im Stuhl zurück und faltete seine Serviette auseinander. Molly eilte mit der Bestellung davon.
»Diese Bedienung ist ausgezeichnet«, lobte er. »Früher muß sie eine Schönheit gewesen sein. Sie wurde häufig von Malern porträtiert. Außerdem versteht sie auch etwas von guter Küche, was noch viel wichtiger ist, denn im allgemeinen ist in dieser Hinsicht auf die Frauen kein Verlaß. So viele von ihnen merken nicht einmal, was sie essen, wenn sie mit einem Mann ausgehen, der ihnen gefällt.«
Hercule Poirot schüttelte den Kopf. »*C'est terrible.*«
»Gott sei Dank sind wir Männer da anders!« erklärte Mr. Bonnington selbstzufrieden.
»Stimmt das immer?« Hercule Poirot lächelte verschmitzt.
»Nun ja, es mag vielleicht nicht für die jungen Männer zutreffen«, gab Mr. Bonnington zu. »Diese jungen Burschen von heute sind alle gleich – sie haben keinen Mut und keine Ausdauer. Ich kann mit der Jugend nichts anfangen, und«, fügte er völlig objektiv hinzu, »sie können auch nichts mit mir anfangen. Vielleicht haben sie recht! Aber wenn man einigen von diesen jungen Burschen Glauben schenkt, dürfte niemand mehr das Recht haben, älter als 60 zu werden. So wie sie sich aufführen, muß man sich nur wundern, daß nicht mehr von ihnen dabei mithelfen, ihre älteren Verwandten aus der Welt zu schaffen.«
»Möglicherweise tun sie es«, sagte Hercule Poirot.
»Nette Ansichten hast du da, Poirot, ich muß schon sagen. Diese Detektivarbeit hat dich wohl aller deiner Ideale beraubt.«
Hercule Poirot lächelte. »*Tout de même*«, sagte er. »Es wäre einmal interessant, eine Statistik aufzustellen, die zeigt, wer älter als sechzig geworden ist und nicht eines natürlichen Todes starb. Dir würden dann garantiert einige

merkwürdige Gedanken kommen.«
»Du hast angefangen, nach dem Verbrechen zu suchen, anstatt darauf zu warten, daß es zu dir kommt. Das ist neu.«
»Entschuldige«, sagte Poirot. »Ich fachsimple wieder, wie du es nennst. Erzähle mir lieber von dir, mein Freund. Wie steht es so in der Welt?«
»Ach, alles geht drunter und drüber. Das gilt heute für die ganze Welt. Alles ist viel zu verworren. Es werden viel zu viele schöne Worte gemacht. Damit will man das Durcheinander verdecken. Diese schönen Worte sind wie eine köstliche Sauce, die über ein Stück Fisch gegossen wird, damit man nicht merkt, daß der Fisch darunter schon riecht. Gib mir ein anständiges Seezungenfilet und keine schlechte Sauce darüber.«
In diesem Moment wurde ihm das Seezungenfilet serviert, und er schnalzte anerkennend mit der Zunge. »Sie wissen ganz genau, was mir schmeckt, Mädchen«, sagte er.
»Nun ja, Sie kommen doch ziemlich regelmäßig hierher, nicht wahr? Wie sollte ich da nicht wissen, was Sie gern essen!«
»Essen denn die Gäste immer das gleiche? Wollen sie nicht manchmal Abwechslung?«
»Nicht die Männer. Die Frauen lieben wohl die Abwechslung. Aber die Männer wollen immer dasselbe.«
»Was habe ich gesagt?« murmelte Bonnington. »Frauen haben keine Ahnung, was das Essen angeht!«
Er sah sich im Restaurant um. »Diese Welt ist doch komisch. Siehst du dort in der Ecke diese merkwürdige Gestalt mit dem Bart? Molly könnte dir erzählen, daß er an jedem Dienstag- und Donnerstagabend hier ist. Seit fast zehn Jahren kommt er regelmäßig – er ist hier so eine Art Wahrzeichen. Aber niemand weiß, wie er heißt, wo er lebt und was er tut. Es ist doch seltsam, wenn man darüber nachdenkt.«
Als die Kellnerin den Truthahn brachte, sagte er:
»Ich sehe, der ›Großvater‹ besucht euch noch?«
»Freilich. Er kommt immer dienstags und donnerstags.

Letzten Montag kam er ausnahmsweise auch. Ich war ganz verwirrt. Ich bildete mir ein, daß ich alle meine Verabredungen durcheinandergebracht hätte und es Dienstag wäre, ohne daß ich es wußte. Aber er kam auch am Dienstag – der Montag war also sozusagen nur eine Ausnahme.«
»Das ist eine interessante Abweichung von der Gewohnheit«, murmelte Poirot. »Ich würde gern den Grund wissen.«
»Nun ja, wenn Sie mich fragen, glaube ich, daß er irgendwie durcheinander war oder sich Sorgen machte.«
»Warum glauben Sie das? Hat er sich so benommen?«
»Nein, es war nicht eigentlich sein Benehmen. Er war wie immer sehr still. Selten sagt er etwas anderes als ›guten Abend‹, wenn er kommt und geht. Nein, es war seine Bestellung.«
»Seine Bestellung?«
»Sie werden mich sicherlich auslachen, meine Herren.« Molly errötete. »Wenn aber ein Gast schon seit zehn Jahren hierherkommt, dann weiß man, was er gerne ißt und was nicht. Er verabscheut Nierenpastete und Brombeeren, und ich kann mich nicht erinnern, daß er jemals dicke Suppen bestellt hätte – aber Montag abend bestellte er dicke Tomatensuppe, Steak, Nierenpastete und Brombeertorte. Es sah so aus, als ob er gar nicht bemerkte, was er bestellte!«
»Wissen Sie«, sagte Hercule Poirot, »das finde ich außerordentlich interessant.«
Molly schaute befriedigt drein und ließ die beiden Gäste wieder allein.
»Nun, Poirot«, sagte Henry Bonnington kichernd. »Gib ein paar Folgerungen von dir, und zwar von deiner besten Sorte.«
»Ich würde lieber zuerst deine Schlüsse hören.«
»Du willst, daß ich Watson spiele, äh? Nun gut, der alte Knabe ging zum Doktor, und der verschrieb ihm mal eine andere Kost.«
»Dicke Tomatensuppe, Steak, Nierenpastete und Brombeertorte? Ich kann mir keinen Arzt vorstellen, der so etwas

tut.«
»Du brauchst es nicht zu glauben, alter Junge. Die Ärzte verschreiben doch die unmöglichsten Sachen.«
»Ist das die einzige Lösung, die dir einfällt?«
Henry Bonnington antwortete: »Im Ernst, ich glaube, es gibt dafür wahrscheinlich eine Erklärung. Unser unbekannter Freund war über irgend etwas sehr erregt. Er war einfach so verstört, daß er nicht wahrnahm, was er bestellte oder aß.« Er schwieg einen Moment lang und sagte dann: »Du wirst mir gleich als nächstes sagen, daß du ganz genau weißt, was in ihm vorging. Vielleicht wirst du mir sagen, daß er gerade den Entschluß gefaßt habe, einen Mord zu begehen.« Er lachte über seine eigene Annahme.
Hercule Poirot lachte nicht.
Er mußte sich selbst eingestehen, daß er in diesem Moment ernstlich beunruhigt war. Er behauptete später, er hätte damals schon ahnen müssen, daß möglicherweise etwas geschehen würde, obwohl ihm seine Freunde versicherten, daß so eine Ahnung ziemlich unbegründet gewesen wäre.
Etwa drei Wochen waren vergangen, als Hercule Poirot und Bonnington einander zufällig in der Untergrundbahn wiedertrafen. Sie nickten einander zu, während sie sich an den nebeneinanderhängenden Gurten festhielten und von einer Seite zur anderen schwankten. Am Piccadilly Circus stiegen sehr viele Leute aus. Die beiden fanden zwei Sitzplätze im vorderen Teil – es war eine ruhige Ecke, weil hier niemand ein- noch ausstieg. »So ist es besser«, sagte Mr. Bonnington. »Die Menschen sind doch ein egoistisches Volk. Du kannst sie bitten, nach vorn zu gehen, so oft du willst, sie tun es einfach nicht!«
Hercule Poirot zuckte die Achseln. »Was kannst du nun tun?« fragte er. »Das Leben ist zu unsicher.«
»Da hast du recht. Heute lebst du, und morgen bist du vielleicht schon tot«, sagte Mr. Bonnington ein wenig trübsinnig, aber doch genießerisch. »Und weil wir gerade davon sprechen, fällt mir etwas ein. Erinnerst du dich noch an den alten Knaben, den wir im ›Gallant Endeavour‹ gesehen

haben? Ich würde mich nicht wundern, wenn er schon in eine bessere Welt verschwunden wäre. Seit einer Woche hat er sich nicht mehr sehen lassen. Molly macht sich darüber ziemliche Sorgen.«
Hercule Poirot saß plötzlich aufrecht. Es blitzte in seinen grünen Augen. »Ist das wahr?« fragte er. »Bist du sicher?«
»Erinnerst du dich, daß ich gemeint hatte, er sei zu einem Arzt gegangen und der hätte ihm eine bestimmte Kost verschrieben? Die Sache mit der Kost war natürlich Blödsinn, aber ich würde mich nicht wundern, wenn er wegen seiner Gesundheit wirklich zum Arzt gegangen wäre und der ihm etwas gesagt hätte, was ihn völlig aus dem Gleichgewicht brachte. Das würde erklären, warum er irgendwelche Gerichte von der Karte bestellte, ohne zu merken, was er eigentlich tat. Sehr wahrscheinlich hat ihn der Schock zu einem noch früheren Zeitpunkt aus dieser Welt befördert, als ohnehin vorgesehen war. Die Ärzte sollten sich genauer überlegen, was sie sagen.«
»Im allgemeinen tun sie das«, antwortete Poirot.
»Ich muß hier aussteigen«, sagte Mr. Bonnington. »Auf Wiedersehen. Glaube bloß nicht, daß wir jemals erfahren, wer der alte Knabe war. Nicht einmal seinen Namen werden wir erfahren. Die Welt ist doch komisch.« Er eilte aus dem Wagen.
Hercule Poirot saß grübelnd da. Es sah so aus, als hielte er die Welt nicht für so komisch. Er ging nach Hause und gab George, seinem Diener, einige Anweisungen.
Kurze Zeit darauf fuhr Hercule Poirot mit dem Finger eine Liste entlang, die den Namen aller kürzlich Verstorbenen in einem bestimmten Stadtteil enthielt. Plötzlich hielt sein Finger inne. »Gascoigne, 69. Ich sollte es zunächst mal mit ihm versuchen.«
Ein paar Stunden später saß Hercule Poirot in der Praxis von Dr. MacAndrews ganz in der Nähe der King's Road. MacAndrews war Schotte, er war groß, rothaarig und hatte ein intelligentes Gesicht.
»Gascoigne?« sagte er. »Ja, das stimmt. Er war ein exzentri-

scher alter Kauz. Er lebte allein in einem dieser baufälligen alten Häuser, die jetzt abgerissen werden, weil man dort einen modernen Häuserblock errichten will. Er war nie mein Patient gewesen, aber ich kümmerte mich um ihn, ich kannte ihn. Dem Milchmann war es als erstem aufgefallen, denn die Milchflaschen sammelten sich draußen an. Schließlich benachrichtigten die Nachbarn die Polizei. Polizisten brachen die Tür auf und fanden ihn. Er war die Treppe hinuntergefallen und hatte sich den Hals gebrochen. Er trug einen alten Morgenmantel, dessen Gürtel zerrissen war. Wahrscheinlich hatte ihn das zum Stolpern gebracht.«

»Ich verstehe«, sagte Hercule Poirot. »Es war ganz einfach – ein Unfall.«

»Ja.«

»Hatte er Verwandte?«

»Einen Neffen. Er besuchte ihn immer einmal im Monat. Lorrimer heißt er, George Lorrimer. Er ist auch Arzt. Er wohnt in Wimbledon.«

»War er über den Tod des alten Mannes bestürzt?«

»Ich weiß nicht, ob ich es so nennen kann. Ich meine, er fühlte sich zu dem alten Mann hingezogen, aber eigentlich kannte er ihn nicht sehr gut.«

»Wie lange war Mr. Gascoigne schon tot, als man ihn fand?«

»Ach«, sagte Dr. MacAndrews, »jetzt kommen wir auf das Dienstliche zu sprechen. Er war seit nicht weniger als achtunddreißig Stunden und nicht länger als zweiundsiebzig Stunden tot. Man fand ihn am Sechsten, frühmorgens. Wir wissen noch mehr. Ein Brief steckte in der Tasche seines Morgenmantels. Der war am Dritten geschrieben und nachmittags in Wimbledon aufgegeben worden; er müßte etwa gegen einundzwanzig Uhr zwanzig ins Haus gebracht worden sein. Das bedeutet, daß er am Dritten, abends, nach einundzwanzig Uhr zwanzig gestorben ist. Der Mageninhalt und die Verdauungsprozesse stimmten mit dieser Zeit überein. Er hatte zwei Stunden, bevor er starb, gegessen. Ich untersuchte ihn am Sechsten, frühmorgens, und sein Zustand entsprach ziemlich genau einem Todeseintritt am Dritten, gegen zweiundzwanzig Uhr, also sechzig Stunden vorher.«

»Das paßt scheinbar alles großartig! Sagen Sie, wann sah man ihn zuletzt lebend?«

»Er wurde in der King's Road am gleichen Abend gesehen, Donnerstag, dem Dritten, und er aß um neunzehn Uhr dreißig im ›Gallant Endeavour‹. Er scheint dort immer donnerstags gegessen zu haben. Er war Künstler, müssen Sie wissen, wenn auch kein sehr bedeutender.«

»Hatte er außer diesem Neffen keine andere Verwandtschaft?«

»Doch, einen Zwillingsbruder. Die ganze Geschichte ist ziemlich verworren. Seit Jahren hatten sie sich nicht mehr gesehen. Sein Bruder, Anthony Gascoigne, hatte wohl eine sehr reiche Frau geheiratet und die Kunst an den Nagel gehängt. Deswegen hatten sich die Brüder zerstritten. Und seit dieser Zeit haben sie sich meiner Meinung nach nicht mehr gesehen. Aber seltsamerweise starben sie beide am gleichen Tag. Der ältere Zwillingsbruder starb am Dritten, so gegen drei Uhr nachmittags. Ich habe schon einmal von einem Fall gehört, daß Zwillinge am gleichen Tag starben, obwohl sie durch Länder voneinander getrennt waren. Wahrscheinlich war es nur ein Zufall, aber das hier ist wieder so ein Fall.«

»Lebt die Frau des Zwillingsbruders noch?«

»Nein, sie starb vor Jahren.«

»Wo wohnte Anthony Gascoigne?«

»Er hatte ein Haus auf dem Kingston Hill. Nach dem, was Dr. Lorrimer mir erzählte, glaube ich, daß er sehr zurückgezogen gelebt hat.«

Hercule Poirot nickte nachdenklich.

Der Schotte sah ihn aufmerksam an.

»Was beschäftigt Sie eigentlich so, Monsieur Poirot?« fragte er unvermittelt. »Ich habe Ihre Fragen beantwortet. Das mußte ich ja auch wohl, nachdem Sie mir Ihren Ausweis zeigten. Aber was ist denn nun los? Haben Sie etwa einen

Verdacht?«
Poirot sagte langsam: »Sie sagten, es sei ganz einfach ein Sturz gewesen. Was ich dagegen denke, ist genauso einfach – es handelt sich ganz einfach um einen Stoß.«
Mr. MacAndrews sah ihn erschrocken an.
»Mit anderem Worte: Mord! Haben Sie irgendwelche Gründe für diese Annahme?«
»Nein«, antwortete Poirot. »Ich vermute es nur.«
»Aber selbst dafür müssen Sie doch einen Grund haben«, beharrte der andere.
Poirot antwortete nicht darauf, und der andere fuhr fort:
»Wenn Sie seinen Neffen Lorrimer verdächtigen, so kann ich Ihnen ganz offen und ehrlich sagen, daß Sie auf dem Holzweg sind. Lorrimer spielte Bridge in Wimbledon von zwanzig Uhr dreißig bis Mitternacht. Das stellte sich bei den Untersuchungen heraus.«
»Wahrscheinlich ist das wirklich wahr«, murmelte Poirot, »die Polizei arbeitet sorgfältig.«
»Wissen Sie vielleicht etwas, was gegen ihn spricht?« fragte der Arzt.
»Nein, durchaus nicht. Dieser Fall ist das typische Verbrechen menschlicher Bestien. Das ist wichtig. Und der Tod von Mr. Gascoigne paßt nicht in das Konzept. Es stimmt alles nicht, wissen Sie.«
»Ich verstehe nicht, wirklich nicht.«
Poirot murmelte: »Das Problem ist, daß schlechter Fisch unter zu viel Sauce versteckt wurde.«
»Aber verehrtester Monsieur, wie soll ich das verstehen?«
Hercule Poirot lächelte, dann sagte er:
»Sie werden mich wohl bald in eine Irrenanstalt bringen lassen, Monsieur le Docteur, aber ich bin doch kein Verrückter, sondern nur jemand, der geordnete Verhältnisse und methodisches Arbeiten liebt. Es quält mich, wenn ich mit einer Tatsache konfrontiert werde, die keine ist. Verzeihen Sie mir, daß ich Sie so lange aufgehalten habe.«
Er erhob sich, und auch der Arzt stand auf.
»Ich muß Ihnen ganz ehrlich meine Meinung sagen«, fuhr

MacAndrews fort. »Der Tod von Henry Gascoigne erregt in mir nicht den leisesten Verdacht. Nach meiner Ansicht fiel er die Treppe hinunter, nach Ihrer Ansicht stieß ihn jemand hinunter. Es hängt alles – nun ja – in der Luft. Genaues weiß man nicht.«
Hercule Poirot seufzte.
»Ja«, sagte er. »Es ist die Arbeit eines Fachmannes. Irgend jemand hat gute Arbeit geleistet.«
»Sie glauben immer noch ...?«
Der kleine Mann spreizte die Hände. »Ich bin hartnäckig, nicht wahr? Ich habe eine Vermutung, und sonst habe ich nichts, was diese bloße Vermutung bestätigen könnte. Hatte Henry Gascoigne übrigens ein Gebiß?«
»Nein, seine Zähne waren tadellos in Ordnung. In seinem Alter übrigens recht bemerkenswert.«
»Pflegte er sie gut? Waren sie weiß und sorgfältig geputzt?«
»Ja, sie sind mir sogar als besonders weiß aufgefallen. Im allgemeinen werden Zähne im Alter leicht etwas gelblich. Aber seine waren weiß und gesund.«
»Waren sie nicht verfärbt?«
»Nein. Ich glaube, er rauchte auch nicht. Das war es doch, was Sie wissen wollten?«
»So genau wollte ich es nicht wissen. Es war nur ein kühner Vorstoß, ein Versuch, der wahrscheinlich zu nichts führen wird. Auf Wiedersehen, Doktor MacAndrews, ich danke Ihnen für Ihre Mühe.«
Er gab dem Arzt die Hand und ging.
»Und nun auf zu dem Versuch«, murmelte er zu sich selbst.
Im »Gallant Endeavour« setzte er sich an denselben Tisch, an dem er schon mit Bonnington gesessen hatte. Molly war nicht da. Eine andere Kellnerin bediente ihn. Sie erzählte ihm, Molly sei verreist.
Es war erst neunzehn Uhr und noch ziemlich leer, so konnte Hercule Poirot ohne Schwierigkeiten das Mädchen in ein Gespräch über den alten Mr. Gascoigne verwickeln.

»Ja«, sagte sie. »Seit Jahren kam er hierher, aber keiner von uns kannte seinen Namen. Wir suchten nach dem Artikel in der Zeitung über die Untersuchungen und so, da sahen wir sein Foto. ›Da‹, sagte ich zu Molly, ›das ist doch unser alter Großvater‹, so nannten wir ihn immer.«
»Er aß hier auch an dem Abend, an dem er starb, nicht wahr?«
»Ja, das stimmt. Es war am Donnerstag, dem Dritten. Er kam immer donnerstags hierher. Dienstags und donnerstags, pünktlich wie eine Uhr.«
»Ich nehme an, Sie erinnern sich nicht mehr an seine Bestellung, oder doch?«
»Tja, warten Sie mal, es war Currysuppe, ja, ganz bestimmt, dann Rindfleischpastete – oder war es Hammel? – nein, es war Pastete, das stimmt auch, und dann Brombeer- und Apfeltorte und Käse. Da muß sich einer vorstellen, daß er nach Hause ging und noch am gleichen Abend die Treppe hinunterfällt. Man sagt, der zerschlissene Gürtel seines Morgenmantels wäre der Grund gewesen. Seine Kleider sahen immer so schäbig aus, wissen Sie, altmodisch, abgetragen und ungepflegt. Aber trotz allem, er verbreitete so ein gewisses Etwas um sich herum, als ob er was Großes wäre. O ja, es kommen schon interessante Gäste zu uns.«
Sie machte sich davon.
Hercule Poirot aß sein Seezungenfilet. In seinen Augen blitzte es grün.
»Zu merkwürdig«, sagte er zu sich selbst, »auch die klügsten Leute übersehen Details. Das wird Bonnington interessieren.« Nachdem er sich Empfehlungsschreiben von einer bestimmten einflußreichen Stelle hatte geben lassen und also wohlgewappnet war, bedeutete es für Hercule Poirot keine Schwierigkeit mehr, mit dem Untersuchungsrichter des Distrikts eine Unterredung zu vereinbaren.
»Eine sonderbare Person war doch dieser verstorbene Gascoigne«, bemerkte er. »Ein alter, exzentrischer Bursche. Aber sein Tod scheint ein ungewöhnliches Interesse hervorzurufen?«

Während er sprach, betrachtete er neugierig seinen Besucher. Hercule Poirot wählte seine Worte sorgfältig.
»Monsieur, es sind Umstände damit verbunden, die eine Untersuchung wünschenswert erscheinen lassen.«
»Nun gut, wie kann ich Ihnen helfen?«
»Ich glaube, es liegt in Ihrer Verfügungsgewalt, Dokumente zu vernichten, die Ihrem Gericht vorgelegt wurden. Oder auch sie in Verwahrung zu nehmen, je nachdem, was Sie für richtig halten. Nun, ein bestimmter Brief wurde in der Tasche des Morgenmantels von Henry Gascoigne gefunden, ist es nicht so?«
»Ja, ganz recht.«
»Ein Brief von seinem Neffen Dr. George Lorrimer?«
»Richtig. Bei der gerichtlichen Untersuchung wurde der Brief vorgelegt, um die Zeit des Todes bestimmen zu können.«
»Das gerichtsmedizinische Gutachten bestätigte wohl die angegebene Zeit?«
»Ja, genau.«
»Ist dieser Brief noch vorhanden?«
Hercule Poirot wartete ungeduldig auf die Antwort. Als er erfuhr, daß der Brief noch zur Untersuchung verfügbar war, atmete er erleichtert auf.
Als er ihm schließlich vorgelegt wurde, studierte er ihn sehr sorgfältig. Er war mit Tinte in leicht verkrampfter Schrift geschrieben.
Der Brief lautete:

Lieber Onkel Henry,
leider muß ich Dir mitteilen, daß ich bei Onkel Anthony keinen Erfolg gehabt habe. Er zeigte keine Begeisterung, als ich ihm von Deinem Plan, ihn zu besuchen, erzählte, und reagierte nicht auf Deinen Wunsch, Vergangenes doch zu vergessen. Er ist natürlich sehr krank, und seine Gedanken sind häufig ganz abwesend. Ich könnte mir denken, daß sein Ende schon sehr nahe ist. Er schien sich Deiner kaum noch zu erinnern. Es tut mir leid, daß ich Dich enttäuschen muß,

aber Du kannst sicher sein, daß ich mein Bestes tat.

Dein Dich liebender
George Lorrimer.

Der Brief war auf den dritten November datiert. Poirot betrachtete den Stempel auf dem Briefumschlag. Er war am dritten November um sechzehn Uhr dreißig abgestempelt.
»Das ist doch völlig in Ordnung, nicht wahr?« murmelte er.
Kingston Hill war sein nächstes Ziel. Nach einigen Mühen und gutgelaunter Hartnäckigkeit erhielt er ein Interview mit Amelia, der Köchin und Haushälterin des kürzlich verstorbenen Anthony Gascoigne. Anfangs war sie voll Mißtrauen und sehr reserviert, aber der Charme und die Herzlichkeit dieses merkwürdigen Ausländers hätten auch einen Stein erweicht. Mrs. Amelia wurde immer aufgeschlossener.
Wie schon so viele Frauen vor ihr schüttete sie ihr Herz einem wirklich teilnahmsvollen Zuhörer aus. Vierzehn Jahre lang hatte sie für Mr. Gascoigne den Haushalt geführt. – Es war keine leichte Sache gewesen. O nein, wirklich nicht! So manche Frau wäre unter der Bürde, die sie zu tragen hatte, zusammengebrochen. Der alte Herr war exzentrisch. Er verheimlichte es auch nicht. Dazu war er bemerkenswert geizig, es war bei ihm eine Art Sucht. Dabei war er doch so reich. Trotzdem hatte Mrs. Amelia ihm treu gedient, hatte all seine Grillen ertragen und hatte natürlich auch zumindest eine Geste des Dankes erwartet. Aber nein, nichts dergleichen. Es existierte nur ein altes Testament, in dem er all sein Geld seiner Frau oder, falls sie ihn nicht überlebte, seinem Bruder Henry vermachte. Schon vor Jahren hatte er das Testament aufgesetzt. Und es erschien ihr sehr ungerecht!
Allmählich gelang es Hercule Poirot, sie von ihrem Hauptthema, ihrer unbefriedigten Gier, abzubringen. Es war tatsächlich herzlos und ungerecht, ja, ja, da hatte sie ganz recht! Man konnte Mrs. Amelia nicht verdenken, daß sie verletzt und empört war. Mr. Gascoigne war für seinen Geiz bekannt gewesen. Man erzählte sich sogar, daß er selbst seinem

einzigen Bruder nicht einmal geholfen hätte. Wahrscheinlich wußte Mrs. Amelia darüber Bescheid.

»Dann war das also der Grund, weshalb Dr. Lorrimer ihn besuchte?« fragte Mrs. Amelia. »Ich wußte, daß es irgend etwas mit seinem Bruder zu tun hatte, aber ich dachte, er wollte sich nur aussöhnen. Sie hatten sich vor Jahren zerstritten.«

»Ich habe erfahren«, sagte Poirot, »daß Mr. Gascoigne sich entschieden weigerte?«

»Das ist völlig richtig«, stimmte ihm Mrs. Amelia zu. »›Henry‹, sagte er ziemlich schwach. ›Was soll ich mit Henry? Ich habe ihn seit Jahren nicht mehr gesehen, und ich will ihn auch in Zukunft nicht sehen. Henry ist zänkisch.‹ Das war alles, was er dazu gesagt hat.«

Die Unterhaltung wandte sich dann wieder Mrs. Amelias eigenen Kümmernissen zu. Man sprach auch vom Rechtsanwalt des kürzlich verstorbenen Mr. Gascoigne, der ebenfalls für sie kein Verständnis zeigte.

Mit einiger Mühe gelang es schließlich Hercule Poirot, sich zu verabschieden, ohne die Unterhaltung zu abrupt abzubrechen.

Kurz nach dem Abendessen stand Hercule Poirot vor der Wohnung des Dr. George Lorrimer in Elmcrest, Dorset Road, Wimbledon.

Der Arzt war zu Hause, und Poirot wurde in die Praxis geführt. Dr. George Lorrimer begrüßte ihn freundlich. Anscheinend war er gerade vom Abendbrottisch aufgestanden.

»Ich bin kein Patient, Herr Doktor«, sagte Hercule Poirot. »Mein Besuch mag vielleicht aufdringlich erscheinen, aber ich bin ein alter Mann, und ich glaube daran, daß man schnell, offen und ehrlich handeln soll. Ich mache mir nichts aus Rechtsanwälten und ihren überaus umständlichen Verhandlungsmethoden.«

Er hatte zweifellos das Interesse Lorrimers geweckt. Der Arzt war mittelgroß und makellos rasiert. Er hatte braunes Haar, seine Wimpern waren allerdings beinahe weiß, was seinen

Augen ein blasses, farbloses Aussehen verlieh. Er gab sich lebhaft und humorvoll.
»Rechtsanwälte?« fragte er und hob die Augenbrauen. »Ich hasse diese Burschen. Sie erwecken meine Neugier, mein Herr. Aber bitte, setzen Sie sich doch.«
Poirot setzte sich, holte eine seiner dienstlichen Visitenkarten heraus und reichte sie dem Arzt.
George Lorrimers weiße Wimpern zuckten.
Poirot beugte sich vertraulich vor. »Ein großer Teil meiner Klienten sind Frauen«, sagte er.
»Natürlich«, sagte Dr. Lorrimer verstört und zwinkerte flüchtig mit den Augen.
»Sie haben mit Ihrem ›natürlich‹ ganz recht«, stimmte ihm Poirot bei. »Frauen trauen der Polizei nicht, sie bevorzugen Detektive. Sie wollen nicht, daß ihre Probleme an die Öffentlichkeit dringen. Vor einigen Tagen kam eine ältere Dame zu mir. Sie machte sich Sorgen wegen ihres Mannes, mit dem sie sich vor Jahren zerstritten hatte. Dieser Mann war Ihr Onkel, Mr. Gascoigne, der erst vor kurzem gestorben ist.«
George Lorrimers Gesicht lief dunkelrot an.
»Mein Onkel? Unsinn! Seine Frau starb vor vielen Jahren.«
»Ich meine nicht Ihren Onkel Mr. Anthony Gascoigne, sondern Ihren Onkel Mr. Henry Gascoigne.«
»Onkel Henry? Aber der war doch gar nicht verheiratet!«
»O doch, natürlich war er das«, log Hercule Poirot, ohne rot zu werden. »Daran besteht gar kein Zweifel. Die Dame brachte sogar ihre Heiratsurkunde mit.«
»Das ist eine Lüge!« schrie George Lorrimer. Sein Gesicht war nun krebsrot. »Ich glaube das nicht. Sie sind ein unverschämter Lügner.«
»Es ist zu schade, nicht wahr?« sagte Poirot. »Sie haben ganz umsonst einen Mord begangen.«
»Mord?« Lorrimers Stimme zitterte. Aus seinen Augen starrte Entsetzen.
»Übrigens«, sagte Poirot, »ich sehe, Sie haben wieder Brombeertorte gegessen. Das ist eine unvernünftige Angewohnheit. Man sagt zwar, daß Brombeeren sehr viele Vitamine

enthalten, aber andererseits können sie auch tödlich wirken. Diesmal habe ich so ziemlich den Eindruck, daß sie dazu beitragen, den Strick um den Hals eines Mannes zu legen – um Ihren Hals nämlich, Dr. Lorrimer.«

»Du siehst, *mon ami*, dein Fehler bestand darin, daß du von vornherein von einer falschen Annahme ausgegangen bist.«

Hercule Poirot, der seinen Freund gelassen über den Tisch hinweg anstrahlte, machte eine erklärende Handbewegung. »Wenn sich ein Mann über irgend etwas Sorgen macht, tut er in diesem Augenblick bestimmt nicht gerade das, was er vorher noch nie getan hat. Er wählt dann eher automatisch den Weg des geringsten Widerstandes. Es ist denkbar, daß er vielleicht zum Essen im Pyjama herunterkommt, aber es wird sein eigener Pyjama sein, nicht der eines anderen.

Jemand, der keine dicke Suppe, Nierenpastete und auch keine Brombeeren mag, bestellt sich nicht alle diese drei Dinge auf einmal an einem Abend, an dem er den Kopf voller Gedanken hat. Du glaubst, er handelt so, weil er an etwas anderes denkt, ich glaube aber, daß jemand, der sich intensiv mit etwas anderem beschäftigt, sich automatisch das Essen bestellt, das er schon zuvor häufig gegessen hat.

Eh bien, was hätte es denn für eine andere Erklärung geben können? Mir fiel einfach keine vernünftige ein. Ich war beunruhigt. Es stimmte alles nicht an diesem Vorfall. Nichts reimte sich. Ich denke methodisch, und mir gefällt es nicht, wenn die Dinge nicht zueinander passen. Mr. Gascoignes Bestellung machte mir Sorgen.

Dann erzähltest du mir, daß der Mann verschwunden sei. Er war zum erstenmal seit Jahren weder am Dienstag noch am Donnerstag erschienen. Das gefiel mir noch weniger. Ich hatte plötzlich eine ganz eigentümliche Vermutung. Der Mann war gestorben, wenn meine Ahnung mich nicht täuschte. Ich forschte nach. Der Mann war tot. Es war ein hübscher, sauberer Tod, da gab es gar keine Zweifel. Mit anderen Worten: Der schlechte Fisch war unter einer Sauce

versteckt worden.
Man hatte ihn um sieben Uhr in der King's Road gesehen. Er hatte hier um sieben Uhr dreißig gegessen – zwei Stunden bevor er starb. Das Beweismaterial wies keine Lücke auf – es stimmte alles, sowohl der Mageninhalt als auch der Brief. Es war aber zuviel Sauce. Man konnte nicht mal den Fisch sehen!
Der liebe Neffe schrieb einen Brief, der liebe Neffe hatte ein wunderschönes Alibi, als Gascoigne starb. Ein ganz normaler Tod – ein Sturz. Ein normaler Unglücksfall? Ein normaler Mord? Jeder glaubte an das erstere.
Der liebe Neffe überlebte als einziger. Der liebe Neffe will erben – aber gibt es überhaupt etwas zu erben? Der Onkel ist bekanntlich arm. Aber es gibt einen Bruder, der vor langer Zeit eine reiche Frau geheiratet hat. Und der Bruder lebt in einem großen, vornehmen Haus auf dem Kingston Hill. Anscheinend hat ihm also seine reiche Frau das ganze Geld vermacht. Du siehst die Logik – die reiche Gattin vererbt ihr Geld an Anthony, Anthony vererbt es an Henry, und Henrys Geld geht an George – es ist eine perfekte Kette.«
»Das ist alles in der Theorie ja ganz schön«, sagte Bonnington, »aber was hast du eigentlich getan?«
»Wenn du erst einmal weißt, was los ist, bekommst du auch gewöhnlich heraus, was du wissen willst. Henry war zwei Stunden nach einer Mahlzeit gestorben. Mit dieser Feststellung begnügte sich die Untersuchung. Aber man könnte sich auch vorstellen, daß diese Mahlzeit nicht abends, sondern mittags eingenommen wurde. Versetz dich in Georges Lage. George braucht dringend Geld. Anthony Gascoigne liegt im Sterben, aber sein Tod nützt George nichts. Das Geld erbt Henry, und Henry Gascoigne kann noch Jahre leben. Daher muß auch Henry sterben, und je schneller, um so besser. Aber er muß *nach* Anthony sterben, und zur gleichen Zeit muß George ein Alibi haben. Da er ein vorsichtiger Bursche ist, probt er erst einmal seinen Plan durch. Er spielt die Rolle seines Onkels am Montag abend in dem betreffenden Restaurant. Es klappt alles tadellos. Jeder hält ihn für den

Onkel. Er ist zufrieden. Er braucht nur so lange zu warten, bis Onkel Anthony endlich soweit ist und stirbt. Der Zeitpunkt kommt. Er schreibt am zweiten November nachmittags einen Brief an seinen Onkel, aber er datiert ihn auf den dritten November. Er fährt am dritten nachmittags hierher in die Stadt, besucht seinen Onkel und führt seinen Plan aus. Er gibt dem Onkel Henry einen starken Stoß, und schon fällt der die Treppe hinunter. George sucht nach dem Brief, den er geschrieben hat, und den schiebt er in die Morgenmanteltasche seines Onkels. Um halb acht ist er im ›Gallant Endeavour‹, der Bart, die buschigen Augenbrauen, alles ist perfekt. Man hegt keine Zweifel: Mr. Henry Gascoigne lebt noch um diese Zeit. Dann vollzieht sich eine schnelle Metamorphose in der Toilette, und zurück geht's im Eiltempo nach Wimbledon zu einem Bridge-Abend. Das Alibi ist perfekt.«
Mr. Bonnington sah ihn an. »Aber der Stempel auf dem Brief?«
»Oh, das war einfach. Der Stempel war verschmiert. Warum? Er war mit Ausziehtusche vom zweiten auf den dritten November geändert worden. Du hättest es nicht bemerkt, wenn du nicht danach gesucht hättest. Und dann war da noch die Sache mit den Schwarzdrosseln.«
»Schwarzdrosseln?«
»Vierundzwanzig Schwarzdrosseln in Pastete gebacken. So nennt man doch bei euch hier die Brombeeren. Gut, sagen wir Brombeeren, wenn du ganz genau sein willst. Du mußt wissen, Georges Schauspielkunst hat trotz allem nicht gereicht. Erinnerst du dich noch an die Geschichte mit dem Jungen, der sich mit schwarzer Farbe anmalte, um Othello zu spielen? Du mußt ein so guter Schauspieler sein wie er, wenn du ein perfektes Verbrechen begehen willst. George sah wie sein Onkel aus, er ging wie sein Onkel und sprach wie sein Onkel, und er trug den Bart und die Augenbrauen seines Onkels, aber – er vergaß, wie sein Onkel zu essen. Er bestellte sich, was er selbst gerne aß. Brombeeren nämlich, und Brombeeren verfärben die Zähne. Die Zähne der Leiche waren aber nicht verfärbt, und trotzdem aß Henry Gascoigne

an diesem Abend Brombeeren im ›Gallant Endeavour‹. In seinem Magen fand man keine Brombeeren. Ich erkundigte mich heute morgen danach. Und George war so dumm gewesen, den Bart und den Rest der Aufmachung zu behalten. Oh! Es gibt eine Menge Beweismaterial, wenn man erst einmal danach sucht. Ich besuchte George und brachte ihn aus der Fassung. Und das war das Ende. Er aß übrigens schon wieder Brombeeren. Der Bursche ist vielleicht gierig – er ißt gerne. Eh bien, wenn ich mich nicht sehr täusche, wird diese Gier ihn jetzt an den Galgen bringen.«

Die Kellnerin brachte ihnen zwei Portionen Brombeer-Apfeltorte.

»Nehmen Sie die Torte bitte wieder mit«, sagte Mr. Bonnington. »Man kann nie vorsichtig genug sein. Bringen Sie mir eine kleine Portion Sagopudding.«

Inhalt

Die Mausefalle 5
Das Asyl 84
Die letzte Sitzung 107
Die Doppelsünde 123
Schwanen-Gesang 141
Vierundzwanzig Schwarzdrosseln 159

Erle Stanley Gardner

Erle Stanley Gardner, geboren am 17. Juli 1889 in Malden, Massachusetts, studierte in Kalifornien Jura, wurde 1911 Anwalt und hatte schon bald einen ausgezeichneten Ruf als Strafverteidiger. Als nicht weniger erfolgreich erwiesen sich seine Romane und Kurzgeschichten: Von 1923 bis 1932 veröffentlichte er in Zeitungen und Zeitschriften Hunderte von Stories, wobei er mindestens sieben Pseudonyme benutzte (Charles M. Green, Robert Parr, Kyle Corning, A. A. Fair, Les Tillray, Charles J. Kenny, Charleton Kendrake). 1933 erschien der erste Roman mit Perry Mason, dem berühmt-berüchtigten Strafverteidiger aus Los Angeles. Damit begann eine Erfolgsgeschichte, die ihresgleichen sucht. Es erschienen in der Folge mehr als 80 Perry-Mason-Romane und 70 weitere Bücher unter einem seiner Pseudonyme. Auch die nach den Romanen gedrehte Fernsehserie war ein weltweiter Erfolg. Erle Stanley Gardner lebte und arbeitete bis zu seinem Tod am 11. März 1970 auf seiner Ranch in Kalifornien.

Von Erle Stanley Gardner sind erschienen:

Der blonde Bluff
Der Butsauger
Die einsame Erbin
Die falschen Würfel
Frühstück für eine Million
Das Geheimnis des Kanarienvogels
Geschäftsmann mit Vergangenheit
Der goldene Köder
Guter Ruf ist teuer
Handel mit dem Schicksal
Der heulende Hund
Die kalte Spur
Katzen haben scharfe Krallen
Das Mädchen vom Golfplatz
Der Mann im Smoking
Der nervöse Komplize
Party der Unschuldsengel

P. M. und das Geständnis im Dunkel
P. M. und das halbierte Haus
Die Pfotenspur
Rache in bar
Roter Drache, weiße Weste
Roulett mit dem Teufel
Schlafwandlers Nichte
Die schönsten Beine von Cloverdale
Schuß nach Mitternacht
Die schwarze Limousine
Die seltsame Braut
Die seltsame Nixe
Der unerwünschte Nachbar
Der vertauschte Casanova
Das vertauschte Gesicht
Was wußte Diana?
Wohin fuhr der Tote?
Zu treuen Händen